não há loucas furiosas nesta casa

amanda santo

cacha
lote

não há loucas furiosas nesta casa

amanda santo

para Nonó
que me ensinou a morrer treze vezes
e enlouquecer só uma.

A PROFESSORA

não pode se mexer. presa à cama por fitas que não vê, se distrai
assistindo ao pássaro em movimento. ele sai de trás do armário
escuro. o bicho também é marrom. abre as asas
...d e v a g a r . . .
exibindo seu tamanho desproporcional,
avança caminhando,
patas longas magras inteiras.

a mulher parada já não pode tirar os olhos da valsa triste
cruzando seu quarto.

o invasor sem espécie plausível tem no lugar das asas uma
imitação: engrenagens de madeira e latão, um bicho-avião.
nos primeiros quinze segundos de assombro, a grande visita
já está em frente à cômoda de joias falsas, tesouro de Norma
adquirido em crediários.

a faixa de luz noturna atravessa a janela
se encaixa sobre ele,
um canhão.

para se mexer o bicho faz imenso esforço articular, o metal
raspado arranha os ouvidoz apita o aparelho auditivo, máquina

mal azeitada animal maltratado, ainda difícil definir. o longo bico virado para o alto é a única parte inabalável do corpo decrépito. brilha.

o pássaro é do tamanho de uma pessoa pequena
e, como as pessoas, anda ereto
em direção ao breu.

a mulher sente formigas nas duas pernas, ou nas metades que a insulina baixa conservou. são enormes feito caramujos. o ponto de acesso do batalhão é pelas colunas de metal da cama,

ascendente
corrente
uma lama
pelas barras
em fileiras
elas sobem

tenta gritar. só ganha mais uma agonia: já não controla também as cordas vocais, ou o pedaço de cérebro responsável pela fala,
o... o... Lobo do Tempo.
lembra de Lobo do Tempo
não sabe se dos livros de ciência ou da
poesia.

não é clara a memória de biologia básica usada noutro século com alunos do colegial, prestenção Romeu aqui no quadro. lembra para sempre dos nomes dos meninos principalmente os mais trabalhosos, façavor Leôncio, mas quase nunca das lições que deu. mais até do que o corpo mutilado, o que dói é perder tudo aquilo que tanto custou ensinar aos outros,

Escrever.

se precisasse escrever agora: ave gigantesca, agora, no exato momento em que o quarto é invadido pelo inacreditável, escrever um cartaz pedindo ajuda à cuidadora, ao médico, aos bombeiros, às irmãs do grupo Caridade, nem isso. dia desses pediu papel e caneta à filha, queria agradecer a uma amiga do Centro Espírita Chico & Emmanuel pelas flores gentis cheirando a soro hospitalar. nada. não saiu sequer uma letra. as mãos perderam as palavras.

os olhos, arregalar os olhos sempre ajuda,
arregala, pisca, arregala.

inútil. a cuidadora ronca na cama anexa, urso em hibernação, fatal incapacidade para o delírio. a mulher das poucas pernas não tem ninguém para salvá-la do teatro selvagem. não há por ali qualquer criatura que acenda as luzes, abra as cortinas, dê um basta ao susto, quebre os acordos firmados entre a noite e a loucura, resgate enfim a madrugada. ou a vida que, como Norma, já não consegue andar.

quando menina costumava usar o pesadelo a seu favor. aprendeu cedo a sonhar e tomar consciência dentro do próprio sonho, conquistar o controle. quando a fantasia era violenta demais para suportar,

um tiranossauro na calçada,
um carro desgovernado,
uma fuga sem sair do lugar,
a cabeça descendo a ladeira,
queda livre do corpo em chamas,

todavez a menina fazia o mesmo esforço mental: isso não dura para sempre. aí usava a técnica
dormir-de-mentira-para-acordar-de-verdade.

tudo um dia acaba, o pesadelo também. a menina fechava os olhos sonhados e os abria acordados, dava certo. despertava do sono dobrado e se livrava das imagens da noite. ou se livrava do medo das imagens, que depois eram registradas pela manhã no diário dos sonhos.

diante da audácia de uma ave, aperta os olhos com a mesma força daquela memória, tenta afastar a assombração, se obriga a dormir, acordar noutro Tempo. mas dessa vez não consegue,

o Tempo é mesmo agora.

a tentativa só serviu para exaurir mais uma parte essencial do corpo em despedida

: as pálpebras

acostumadas ao levante

as pálpebras

que há poucos meses carregaram

para o baile os cílios de nylon.

as pálpebras abrem num susto
barulho seco
o pássaro usa as asas em ritmo desordenado, bate abre derruba todas as caixas sobre a cômoda. as não-joias caindo caindo. o bicho futrica os enfeites de rosto o bico se enfia nas enormes argolas douradas as prateadas também, não meus brincos não, sai já daí – ela gostaria de dizer.

o batalhão avança. as formigas-caramujo fazem escalada militar pelas bordas da fralda rumo ao umbigo, Norma não tem saída a não ser aguentar o desaforo, e não é para isso que uma mulher treina a vida inteira? a ave-máquina se esbaldando com a caça ao tesouro, pingentes, pulseiras, anéis, os enferrujados, os mais bonitos, o colar trazido pelo filho da viagem ao Peru.

é o peruano que está agora pendurado numa das asas, pássaro safado, sabe machucar, escolhe a peça mais querida, aquela que a professora usou no casamento da neta, último dia que preencheu conversas de família antes do nunca mais.

dança

dança

balança

o invasor balança o corpo

enfeitado de pedraria

de repente

ao balançar tanto brilho

o animal já não é um estranho

se torna um espelho.

é alguma companhia, afinal.

como os insetos, que depois de percorrerem seu corpo inteiro, a pele seca do braço leitoso, a barriga aberta e remendada em tantas inaugurações, a grande cicatriz no pescoço, os insetos chegam à boca entreaberta. fazem intimidade acendendo as bundas-tanajura como luzinhas de natal,

o sinal de um nascimento.

o brilho das formigas gordas faz festa no quarto de Norma.
nela, um desejo de estar ali mais do que em qualquer lugar,
ali entre os outros de sua espécie.

sente a madeira roçar em suas mãos finas de unhas rubi, unhas bico-de-tucano. as asas do pássaro sustentam as mãos dela como um gesto de adoração. as patas longas conduzem suas pernas agora inteiras, a saudade e os velhos pés de volta.

num ritmo de milagre, as bochechas feitas de dobras do Tempo
ganham outro tipo de dobra,
                                        mais feliz.

em pé, como há muito não fazia
a professora dançou.

A ARTISTA

> *Esse templo, pobre e arruinado, é o meu templo, foi construído para mim, também pobre e arruinada.*
>
> Leonora Carrington

hoje é 6 de julho. faz 25 anos que não sangro para fora. se me perguntassem qual a sensação das antigas hemorragias mensais, vai à merda, não vê que estou velha? gritaria e então soltaria meu Pente sobre a pessoa, deixaria o cão se transformar na fera que está destinado a ser.

o corpo é um traidor, suas securas inconvenientes, primeiro o útero, a vagina, o humor, os hormônios, os joelhos, por fim os nervos, uma hora tudo desidrata. a não ser a Lady Macbeth aqui, nascida do barro molhado do meu ateliê endurecida no tempo cozida para durar. sua cabeça decepada sobre a mesa não me dá pena, ladyzinha, pelo contrário, não se incomode em expor os motivos pelos quais eu deveria pensar em você como sofredora oh pobre mulher endoidecida, por favor me poupe. todos sabemos, salvo raras exceções, esculturas não têm direito a razão piedade tesão amor. algumas não-esculturas também. a gota no teu olho direito é ornamento, choro parado não dói, eu mesma esculpi a falsa *lagrimilla*, vontade de ver alguém derramar, mãos impossíveis cobertas de sangue e verdade, alguém menor do que eu embora maior nas ilusões.

o que é, Pente? o que é?
calado
ou vai acordar o bebê.
daqui a pouco, sim, querido?
daqui a pouco vamos ao telhado.

antes preciso terminar esse quadro urgente, preciso de uma vez por todas esse quadro, terminar

um tropeço
uma rachadura
alguém que termina de viver.

observe, querido

a Cor,

a tinta. dela depende toda a raça humana, entende?, mas só a parcela não-homem. esse vermelho, cinza para você que é cão, esse vermelho que agora beija meu pincel está condenado, costurado ao sangue de milhões de seres massacrados enterrados pela grande epopeia dos fatos os cortados em picadinhos pelos tribunais. manchando a tela branca, o vermelho encontra as veias dos trucidados que viajam até mim, eu sinto tanto frio quando molho o pincel.

mas a arte é uma vingança.

como eu sei? ora, Frida, veja você e a sua banheira de vocação suicida. a vida e a morte perseguindo uma à outra na sucessão de símbolos naufragados, isso foi *o que a água te deu*? vingança, hã? dia desses destruí uma das minhas cabeças arremessando contra a porta do vizinho, o choque, se espatifando em centenas de partículas o material com que trabalhei obsessivamente por meses. por meses. formato, cor, brilho, tinha detalhado as curvas, seu ar de sabedoria, sua empáfia fálica, tinha que ser eu a traçar o destino final da dissolução. satisfação arrebatadora acabar com aquele homenzinho de barro. o de carne também mereceu, não se preocupe. o vizinho é como Rivera e ainda pior. a propósito, a cabeça era de Rivera, *hermana*.

claro, posso fazer uma nova pra você, se quiser.

onde está? a concha quebrada, aquela roubada de Punta del Diablo. livros, canetas sem tinta, frases guardadas não sei para quando, pincéis duros e nada da conchita,

Pente, você viu? a concha,
aquela de escutar assim ó
ó

aí está! onde encontrou, querido? você é o melhor cão!
tá bom pode, lambe, mas sem estardalhaço, ok?
não vai acordar Josué, por favor.

preciso da concha mais do que ela de mim, você sabe, amuleto, a concha quebrada não tem barulho de mar, encaixo na orelha
e só ó só
ouço a mim mesma, o vento que passa no buraco apagando os vestígios da praia. a concha sou eu,
um estrondo na ausência de eco.

eu era novinha como você, Sylvia, quando quebrei conchas pela primeira vez. tinha 31, a idade que você tinha quando se enfiou no fogão. você e eu desistindo de tudo, gemeazinhas, eu só não tive tanta coragem assim. Amália saiu pela porta e só o que deixou foi uma nuvem de pólvora infectando cada cômodo da casa, ou o que se tornou minha coleção de paredes reboxetinas. o amor morreu e ninguém tinha me dito que as padarias favoritas também viram estacionamento. a primeira morte dói mais, a gente entende que viver é deixar de viver o tempo inteiro. foi assim quando Ted te deixou? me perdoa por ter nascido tão tarde e não ter pintado um tom capaz de salvar você.

veja as cores que escolhi, Sylvia, em sua honra, veja. são suficientes? será que agora, em algum lugar do mundo, enfim alguém desistirá da eternidade?

você está belíssima nesse retrato tapado de pó. belíssima em frente à sua casa em Primrose Hill. minhas fotos de jovenzinha também prefiro assim sabe, atrás da cortina de sujeira, cinco oito dez camadas de tecido biológico fresco colônia de ácaros pó, nossa matéria fim. é que não suporto ver toda perfeita a minha antiga orelha disposta a caturritas e poemas, ai que bonitinha, os dentes elásticos querendo morder o mundo engolir o recheio do cosmos como um alfajor uruguayo, uma delícia, claro, me mate.

no dia seguinte ao abandono de
Amália, deixei de mostrar aos outros o que guardo na boca. nem pro homem eu mostrei, o homem para quem eu dei no banheiro do bar, dei mas muito séria sem risinho, sem dente sem gemido. um suspiro, talvez.
foi uma maneira de feri-la, de voltar aos homens, ameaçar o outro viajando ao inferno, veja, estou com um homem,
você
não vem
me resgatar?

cheguei em casa cheirando a porra desconhecida e Amália não voltou. eu estava com hematomas, rosto e corpo, pois quem quer ser comida na cabine de um banheiro merece eles dizem, ela não veio sequer me trazer curativos ou um eu não vivo sem você. pois viveu e para sempre. no dia seguinte inciei minha própria religião: Leonorismo. os mandamentos:

1. não gostar de seres humanos
2. não interagir com seres humanos
3. tentar não ser um ser humano

mas aí eu tinha outro ser humano por dentro
e começamos, a religião e eu, um conflito de séculos.

o resto você já sabe, xará: o filho nasceu e eu não pude ser sua mãe. eu precisava pintar e construir cabeças inumanas, ele precisava de um lugar para crescer. deixei que ficasse. de algum modo nós dois fomos aprendendo a respirar até desaprender de novo. me conta, Leonora C., onde você encontrou o ar naquele hospício espanhol? como enfrentou a vontade de juntar sua bagagem, *um lençol muito sujo e um lápis*, de fugir tantas vezes quanto foi impedida? de aguentar os homens, todos eles mágicos e fascistas, donos do Universo? desculpe reviver o terror, querida, sua existência me faz imensamente bem dentro de uma vida ruim, o que já é alguma coisa. deixei *El mundo mágico de los mayas* pendurado em destaque no único canto que bate sol como você gosta e se olhar bem pela janela há pássaros pretos passando sobre um muro branco, bonito, não é? é suportável observar a vida daqui. deixei sua pintura do *Amor* no meu quarto junto com *Reunião* de Remedios, não queria deixar seus absurdos se perderem de vista,

eles me fazem companhia à noite,
também não deixam que eu me perca
demais.

nós já vamos ao telhado, Pente, tenha santa paciência você não é o único com fome de lua, querido. preciso de um instante, é urgente a salvação que camadas obscenas de tinta podem dar ao mundo

[molha o pincel]

verde fúngico. amarelo cármico. azul bruto. branco esplêndido.

verde-amarelo-azul-branco

verde
amarelo … branco
azul branco
azul … … azul
azul verde
amarelo branco
verde …
branco

violência texturizada. beleza hedionda. necrópole de tons.

verdamarelazulbranco

a morte levanta da tela
pela pincelada dos leões
os ladrões de laranjas
os carrascos de marrons
as botinas camufladas em sentido de

de quê?

ordem! progresso!

fúngico, cármico, bruto, esplêndido
as cores da mata resgatam a deusa-
Mãe estuprada.
a mulher que pariu o brasil e foi largada para morrer.

fim.

eis minha nova criação. onde penduro ou arremesso esse quadro? aqui. combina com a janela. o amarelo é o mesmo que usei na escultura do deus Sol, a entidade que me olha petulante de cima da mesa. deus, você me conhece os pensamentos, não é? sabe o que pretendo fazer em relação à criatura chula que dobra a esquina e vai passar caminhando aqui embaixo agora, o vizinho, o mesmo homenzinho que todo domingo deposita seus mitos de superioridade no motor do carro-foguete. o ronco corrosivo lhe dá gozo, como a mim dará ver a desintegração do Sol de barro em sua cabeça imunda. quero a

des ura o
fig çã

vá, Sol
arrebente-se!
que o voo seja livre e o destino
profundo como uma ferida, vá, vá...

se fosse Pablo passando aqui embaixo, teria atirado a mim mesma. eu e minhas lágrimas presas na glote escorreríamos pela janela, nado sincronizado, chegaríamos primeiro ao seu cabelo cortado à máquina 3, carícias, carícias, carícias, depois nos derramaríamos pelo seu tronco, moldando nossas formas às frestas de seus braços para que um abraço enfim fosse possível, talvez isso o fizesse entender que mães ruins também gostariam de ter sido boas um dia, ou alguma coisa menos quebrada em c a q u i n h o s

[telefone]

.

.

.

isso ainda toca?

.

.

pois que toque, não quero ninguém.

.

.

.

[Após o bip deixe seu recado.
-
Leonora?… mãe, oi. é o Pablo.
faz tempo…
tô ligando pelo teu aniversário.
70, né?…
bom, tudo de bom.
espero que escute a mensagem.
até.]

[Leonora emudeceu. as vozes do ateliê também, existências sabiamente presas à glória de não sentir. bustos de lágrimas falsas que sequer chegam ao destino final, regar alguma coisa por dentro. tintas virgens, ou muito putas, frescas, molhadas, agora surdas e pálidas por um instante. entidades em oração pela mulher que esqueceu o gosto do amor.

só sabe que não foi feito para quem vive de escambos emocionais, no entanto ela estava ali, diante da única mensagem que esperava receber há anos e, agora que escuta,
nem agora é feliz.

ela é apenas um sistema seco de órgãos sentindo a familiaridade daquelas ondas sonoras, buscando nos seus próprios contornos a diferença entre o divino e o profano, qual, me diga. ela era um corpo diante de um não-corpo.

foram necessários dez minutos para Leonora se libertar do choque insulínico, método eficaz para controlar furiosas nas antigas casas de incuráveis.]

vem, Pente, vamos ver como está o bebê.

[em movimento de dúvida, ela se aproxima do quarto com o cão-manso-arregalado. abre a porta sem fazer barulho para não acordar a criança, pé por pé, chega na cama, afasta o lençol,
alívio.]

aqui está ele, meu anjinho, no seu grande descanso.
ele está aqui e ainda não sabe como se abandona uma mulher.

[pega no colo a criança de barro, agarra a guia do cão e, juntos, os três vão ao telhado.]

luz

alguém acendeu a luz

shhhhh

plena madrugada e alguém resolveu amanhecer um LED sobre nossas cabeças. ave maria, avisa lá, avisa o bando, diz pra eles que
cui da do pe ri go!
diz que alguém abriu um sol enorme nesse fosso, chamam de garagem, pensam que aqui é o céu? embora pudesse ser, com tanta carniça. aqui é só um porão com óleo diesel e putrefação, senhores condôminos, lugar onde Deus olha mais pelos roedores, amém.

mas esta luz violenta no meio de nós, por gentileza, alguém? poderia matá-la? tento dobrar minha orelha a ponto de proteger os olhos de chumbo, tão sensíveis. aqui embaixo nunca é dia durante a noite. no entanto, acabam de abrir as portas e tudo mais que se pode abrir, cabelo, garganta, caverna, pernas, uma longa lista de frestas abertas, daqui da caçamba dá pra ver tudo,

é fêmea
é bípede
me apoio no iogurte
é de abacaxi
é puta
shhhhh
a sombra
tá vindo aí
shhhhh

a sombra é a sombra
do corpo vertical
da mulher
e sua
c
a
v
i
d
a
d
e
nua

eu congelo tipo defunto.

fico feito Jorge no dia que engoliu veneno no 403. fruto caído de lado. pelo duro. eternidade. Jorge Jorge, eu avisei, irmão. se fuçar uma bolinha colorida zé finí, Deus te guarde. rezo muito para Jorge, único camundongo da comunidade, fraco, feliz, foragido de uma feira escolar. salve Jorge.

finjo Jorge morto.
quero passar por coisa sem urgência de veneno.

madrugada difícil para os minúsculos.

mas essa virilha,

essa virilha é da Ângela, sim, da Ângela, tem a pinta da Ângela, os fios azuis da Ângela, o cheiro dos sexos da Ângela, o que leva à terceira questão, o que a Ângela faz aqui numa terça? todo bicho sabe, não precisa caderno de condomínio nem ata de vigilância, todo bicho sabe, terça é dia da ratada, ó

TERÇA-FEIRA : LIXO ORGÂNICO

ela ignora a folha mal colada
o mormaço apodrecido
o silêncio sacro da ninhada
a minha saga caça-dejetos.

a verdade é que ela não faz nenhuma questão de me notar, catando aqui os restos de sua vida, faz muito bem. não trouxe vassoura, ratoeira, pau, nem uma tabuinha, panfleto de extermínio de espécies que prosperam no fedor, não, ela trouxe apenas o corpo

o corpo

e isso significa que trouxe tudo, *então o Senhor formou a mulher e o rato do pó da terra e soprou em suas narinas o fôlego de vida*, e isso significa que trouxe tudo. o corpo de Ângela é a Gênesis do porão. quase sinto pena. humano nenhum sabe como se preparar para a consumação do capítulo final.

vou ignorar ela também, com licença, continuo a escavação, hoje é terça e ainda há muito onde me esbaldar, assim seja, a vida de um rato depende da invisibilidade dos escombros e da exploração de rejeitos, muita reza forte também, casca de cebola milho feijão macarrão, calma rapaz, sem ruído sem fricção, guloseima não identificada bala mordida geleia de amora, é fascinante ter patas felizmente raquíticas, miúdas demais para acordar uma perseguição, morango mofado avocado marrom laranja podre, uma caçada frutífera.

acho que Ângela quase se parece comigo,
se rastejasse.

Ângela quase rasteja até o outro lado da garagem, meus olhos não conseguem, não conseguem evitar, solto o caroço de ameixa, sigo com meu crânio a sua peregrinação, confesso, estou entregue aos passos da vizinha. as mulheres são como nós, bichos de esgoto, destinados a uma existência de fuga e traição.

ó, ó,

ó ela ali,
indo em direção às máquinas de passeio,
vestido aberto, nenhum pano por baixo, pornografia benzida,
uma santinha descida ao fosso. leve como uma gaiola.
eu poderia, sim, poderia tranquilamente
erguer uma foto sua no ninho dos milagres
e orar.

ela se distancia.

já não sinto seu cheiro.

nas minhas narinas voltam os metanos, carbônicos e ilhas de bolor, volto ao banquete, concentra!, o que temos aqui, castanhas,

damasco, queijo azul, plástico corrompendo os orgânicos, restos de pato, lixo fino, teve festa no 401. de certo não foi no 302. a mulher da virilha azul mora no 302 e nunca dá festas,
só recebe um por vez
um por vez
um por vez
começou a agendar pessoas quando o pai ficou doente. o velho perdeu o emprego e ficou devendo tanto papel pro banco que quase teve que entregar o apartamento comprado com a esposa. eu tava lá no dia que ele chorou e a filha chorou e a filha falou que se dependesse dela eles jamais iam tirar o pé dali, prometo papai, ela deu a palavra. Ângela já tinha larga experiência com pessoas e arrumou o quarto da bagunça para ser o novo depósito de fluidos.
foi quando passou a receber os homens, um por vez
um por vez
um por vez
da arquibancada do bueiro, acompanhamos a transformação da universitária em puta. uma floração animal.

toda gente pensa que a maior ameaça da nossa raça está nas 35 doenças catalogadas pelo prédio Atenção, condôminos, leiam o *Manual para evitar adoecimento por ratos*, pobres homens, não sabem que o grande mal da nossa espécie é a fofoca. somos grandes historiadores do lixo alheio,
se cuida.
sei dizer, por exemplo, que não é só a cavidade da Ângela que está em exposição aqui no subteto, tem também a gota invertida no olho, o peito murcho de perda ou prazer, a garganta costurada, as unhas coaguladas de tanto riscar paredes, a marca de mordida não consentida na coxa direita, porque puta merece, ouvi o homem de escritórios gritar.

esse caroço, esse caroço de maçã tem a curva certinha, vai servir, meu focinho encaixa na maçã para espiar a humana, onde ela vai? A Rebelião de Uma Mulher Só, bom título para parábola, ela enfia a cabeça na caçamba B, eu estou na F, ela enfia a cabeça na B, os braços, as mãos e tudo que um humano precisa para o movimento de pegar. ela enfia e pega alguma coisa, também quer comida?

não, sua fome é raiva.

talvez por isso tenha bem menos elegância do que eu ao rasgar os sacos pretos, rassgarassgarassga sem pudor, pega um a um dos desprezos, bolo de cenoura, gordura de boi, borra de café, fica à vontade, Ângela, ela não precisa de autorização, já está com as mãos enchidas de natureza morta, começa a arremessar os desperdícios alheios em cada uma das máquinas de passeio dos vizinhos

em cada uma, um desprezo

na vermelha a carne

na cinza a casca

na verde o café

na branca o ovo

muito bem
todas as máquinas imundas.

os punhos da Ângela têm ritmo de guilhotina, tiro ao alvo, estilingue, ferramenta de susto, já não sabem onde se apoiar, balançam procurando uma cordinha de ônibus pra puxar, dizer Eu desisto

eu existo

na busca pela corda, atiram dejetos.

~

L'amour est un oiseau rebelle
Que nul ne peut apprivoiser
Et c'est bien en vain qu'on l'appelle
S'il lui convient de refuser

Rien n'y fait, menace ou prière
L'un parle bien, l'autre se tait
Et c'est l'autre que je préfère
Il n'a rien dit, mais il me plaît

~

[Ângela canta a "Habanera" de *Carmen*]

ela canta, não contei? pois ela canta. em 2015 entrou para o Coral de Mulheres Maria Madalena, aprendeu francês, italiano, um pouco de grego, aprendeu a usar as próprias cordas gargantais, alcançar Deus, desde então a voz passou a ser a única parte do corpo condenada ao sonho.
ao milagre.

tenho frequentado sua casa mais pelas óperas que pelos restos. os que vivem da feiúra entendem muito da beleza, sabia?

agora sua voz soprano invade as paredes borradas da garagem, sua voz sua voz, uma torrente

~

L'amour! L'amour! L'amour! L'amour!

L'amour est enfant de Bohême

Il n'a jamais, jamais connu de loi
Si tu ne m'aime pas, je t'aime
Si je t'aime, prend garde à toi!

ela aumenta o volume . . .

Si tu ne m'aime pas
Si tu ne m'aime pas, je t'aime!
Mais, si je t'aime
Si je t'aime, prend garde à toi!

~

o canto começa a subir como nuvem de pedra até os apartamentos.

eu gosto.
desisto de vez do chorume. deixo as sobras sem consumo.
peço perdão, Rainha Santa, gratidão pelo pão de todo-dia, mas preciso ver Ângela sujar máquinas e quebrar vidraças com o seu amor

~

L'amour, l'amour, l'amour, l'amour!

~

ouço
outras
descidas
passos
duros
sapatos
rápidos
os passos esmagam micropedrinhas

no chão resvalam degraus apertam dedos ásperos no corrimão descem descem aí vem eles, Meu Deus, a manada das gaiolas.

invadem o fosso tenores, barítonos, gritos de aleluia, pelamordedeus, tiraessaputadaqui, essamuléélouca, elatápelada,

grande tributo a Ângela.

~

L'amour, l'amour, l'amour, l'amour!

~

me enfio no primeiro buraco, saco gordo cascas de frutas meladas. ponho o fuço na beirada, banana laranja nectarina, preciso me certificar se alguém aqui shhhhh se alguém aqui veio por minha causa.

não, ninguém olha por mim
além do Espírito Santo.

suspiro. estou safo.
encolhido, acompanho o drama
pela boca do saco.

a primeira que enxergo é a síndica, mulher muito boa e muito justa, dizia no seu santinho das eleições de condomínio, mulher muito boa e muito justa que tem a boca cansada de tanto sorrir entredentes enquanto entregava a Ângela as cartas oficiais.

[Para Ângela Maria, apartamento 302:
Venho por meio desta mais uma vez pedir que se retire. Ninguém

tem nada a ver com o que você faz da vida. Mas não é possível aceitar sua atividade sob o mesmo teto de famílias de bem. Pedimos compreensão. Espero que busque outro lugar para morar antes que nos obrigue a medidas drásticas. Não nos responsabilizamos pela reação dos moradores à sua permanência. Todos estão sob forte estresse com sua presença. Temos contato de corretores e caminhões de mudança. Atenciosamente,

Síndica Márgara Machado.]

encontrei no lixo
em pedacinhos
juntei para ler.

sempre torci pela Ângela.
ela nunca fez caso das ameaças, assim como eu, seguimos eu e ela recolhendo papéis em silêncio. o apartamento é dela, ué, isso quer dizer que tem a própria caçamba onde repousar os ossos, não? ficamos enquanto Deus permitir. herdou a casa do pai, isso é tudo que temos, minha filha, tudo que restou das memórias com sua mãe, ele disse dias antes de parar de dizer coisas. Jorge ouviu e me contou, pobre Jorge. a mãe, não, eu nunca conheci, mas soube que morreu quando Ângela era criança. sobrou o pai e o apartamento. depois, só o apartamento. e os vizinhos também, sobraram os vizinhos,
todos caçadores de mulheres
e de ratos.

shhhhh

um vulto chega por trás das máquinas.
é o zelador
encarregado da manutenção do prédio
e do nosso extermínio.

cara amassada, uniforme triste
deve ter acordado com batidas de Eu pago seu salário, venha!
veio assustado.

o zelador é o único humano que ainda diz olá a Ângela nos portões de chegar e sair. Francisco trabalha aqui desde antes de ela nascer, conheceu bebê, menina, mulher e puta. agora, conhece cantora. momento mágico, mãos prestes a aplaudir, parece um pai, está parado ouvindo a serenata, eu e ele torcendo para a música durar um pouquinho mais.

Francisco! faça-me o favor! faz alguma coisa, diz uma das pagantes de seu salário
: é a senhora do 701, mulher do Carlos, cliente número 3 da Ângela. ele frequentou o quartinho até Ângela cansar e mandar embora, sai daqui, Carlos, tua mulher tá te esperando, empurrando o cara para o elevador rumo ao sétimo andar.

diante dos protestos, o zelador tem que encenar serviço. como não quer atrapalhar o espetáculo da moça, finge utilidade olhando para os cantos,

opa

vai inspecionar as caçambas, só faltava essa, avisa, avisa o pessoal.
rezo,
espero que chegue não aqui.
enterro o focinho suavemente entre dois pedaços semi-roídos de pão,
vou mexendo o corpo devagar
devagar
devagar
até que minha forma se
dilua nos destroços.

tremo

Ângela não treme por nada.
hoje é seu dia de vingança.

acostumada a ser invisível, sempre disputou com a minha turma o título de presença menos percebida nas tubulações do edifício. perdeu. a culpa foi do rastro de notícia que se infiltrou no concreto, sabe a Ângela? a vagaba do piso 3? tá dando por dinheiro, acredita? a exposição não autorizada de sua vida quebrou o silêncio que tanto custou cultivar, sua piranha, ouve dia sim dia sim no eco dos elevadores.

o mesmo grito de guerra agora está na garagem completando a orquestra, vagabunda!, Carlos grita em coro com a esposa, sobrancelhas arqueadas para fazer sombra nos olhos que engolem o corpo aberto, a esposa liga para a polícia, como se ajudar no sumiço de uma puta fosse o mesmo que renovar os votos, lua de mel nas Bahamas.

os donos dos costumes nem percebem as manchas no vestido aberto da Ângela, as manchas de sangue que só agora eu

> só agora eu
> percebo.
>
> ninguém quer
> perceber
> a violência contra uma impura.

Ângela

> segue só
> cantando petrificada, monumento

em museu de história natural, diria
: nas manchas deste corpo, 200 mil anos de involução.

ela se apresenta para si mesma, também para mim. nem enxerga quando o homem do 304 chega, carregando a cara mais amarela que tem. sem ter como esconder, pela primeira vez João coloca o afeto em praça pública num sussurro o que houve, my Angel?

afeto tardio, príncipe John.

~

L'amour est enfant de Bohême
Il n'a jamais, jamais connu de loi
Si tu ne m'aime pas, je t'aime
Si je t'aime, prend garde à toi!

~

o amor de juventude nunca vivido fora das trancas de um apartamento, porque não é admissível amar uma mulher da vida, dizem, mesmo que ela tenha sido sua melhor amiga, única paixão, com quem dividiu as primeiras salivas e outros fluidos mais espessos. sei muito bem, vi os olhos secos do João, chumbados, desde que ela começou a usar o corpo da forma que quis.

mas nesta madrugada as pestanas estão úmidas, disfarçam as frases que já poderiam ter sido ditas há anos, eu te amo casa comigo, o problema das pessoas é que vivem demais e esquecem de dizer as coisas desesperadas.

rato não deixa nada para amanhã,
Nossa Senhora é testemunha.

pronto, agora o amor está revelado. o que vocês vão fazer quanto a isso, hãn? hãn? senhores condôminos?

nenhuma reação.
o prédio inteiro petrifica,
param as goelas, os diafragmas.

subo num osso
para ver melhor as estátuas de carne.

João-estátua, síndica-estátua, Carlos-estátua, mulher-de-Carlos--estátua, zelador-est

o zelador não.

cadê o zelador?

fico nervoso

será que ele me procura?

shhhhh
não se mexe
eu-estátua.

hey, a foto do pai de Ângela na mão da síndica, patética. Ângela, é pela memória dele, vem, ele não iria gostar desse teu fiasco, toma vergonha, vem, chamamos o caminhão da mudança, está lá fora, pensa no teu pai.

~

Si tu ne m'aime pas
Si tu ne m'aime pas, je t'aime!
Mais, si je t'aime

Si je t'aime, prend garde à toi!

~

ela canta. a foto cai. Francisco reaparece. está na E, caçamba E, que vem antes da F, que é a minha caçamba. socorro.

Deusinha, me ajuda, Ângela?

socorro

já não enxergo mais Ângela
ela também caiu?

não posso ver não posso estou correndo correndo correndo
ele tá vindo aí o zelador Francisco o vassourão a sombra as tarefas de salário vindo vindo eu
corrocorrocorro
o zelador está
atrás
atrás de mim
corrocorrocorro
a mão está
atrás
atrás de mim
encosta em
meu rabo
corrocorrosocorro
escapo por pouco
Francisco tenta
tentatentatenta
socorrosocorro
Nossa Senhora, eu imploro.

a mão direita me alcança
me pega
pelo rabo
me joga
no chão

a esquerda prepara a pau
lada
é hora
é hora
sempre
é hora
do fim /

eu estou mortinha. mortinha como a vovó naquele dia da cama de flores e não do tipo que eu digo quando chego da escola, oi mamãe estou mortinha quero dormir, não, hoje acordei mesmo debaixo do chão, o que é muito bom para as sonecas.

mas se eu pudesse, se eu pudesse subir só um pouquinho, usar meus dedos de formiga, cavar o tamanho da minha altura, será que chega?, passar por outros mortos, olá, e então encontrar o fundão duma água de lago, se eu pudesse, queria muito achar um sinal de vida pequena parecida comigo, um girino como o que a tia Doca mostrou no livro sobre os inícios. ninguém me falou dos finais.

não gosto dos finais.

queria empurrar minha vida entre os sapos, Mari me disse que são boas companhias, apesar de tanto salto e soluço, sapo é melhor que rato. os ratos vivem em algum cano de esgoto bem perto da minha cova, posso ouvir, posso ouvir tudinho, os passos de fugir, as ideias de roubar e esse barulho de feiúra. o barulho de rato é a pior das coisas porque me faz lembrar

papai foi embora há mais de um ano.

aconteceu no exato dia em que a minha casa se tornou um lugar onde se pode dormir a noite inteira sem ouvir os berros de alguém. depois nem berro, nem conversa de bom dia, nem te amo, minha filha, mesmo assim papai continuou fazendo barulhos de feiúra nos canos da cabeça da minha mãe. ela diz que ele roubou seu plano A de vida e não deixou nenhum B, C, D, E ou F guardado em gaveta nenhuma. eu já sei contar até o Z. será que mamãe olhou na cômoda azul descascada do quartinho?

preciso voltar e perguntar pra ela.
preciso voltar e matar papai.
ou pelo menos arrancar seu couro cabeludo, como fiz naquele dia da escola. as minhas mãos não aguentaram Marcinha me chamando de gorda, gorda, minhas mãos não aguentaram, se eu sou gorda você agora é careca, sua chata. minha raiva foi xingada pela diretora e pela mamãe.

tadinha da mamãe. brigamos no dia que eu morri, e mesmo que tenha sido uma briga de amor, lágrima e tudo, mesmo assim não foi bastante pra me salvar. gostaria muito, por favor, de sair desse buraco, olá alguém? preciso sair e dizer a mamãe que brigas acontecem e mortes também, mãezinha.

Eu sou espaço vazio tempo.
Stella do Patrocínio

repartiu o pão azul em partes iguais e serviu de bandeja aos ratos famintos. era o que podia oferecer a eles por sua convivência fiel. o reino dos bichos e dos animais era o seu nome. catou a caneca de inox roubada do abrigo, serviu o café fervido na fogueira e fez ruído com os joelhos ao sentar-se pra assistir à farra do pão, uma rara festividade no saguão do viaduto

enrolada até o pescoço pelo cobertor de sobra têxtil, viu chegarem um a um, os ratos, tão desacostumados a ofertas explícitas que era prudente desconfiar. não desconfiaram. no final da ceia, saíram com barriga cheia e todos os membros no lugar. Cida sorria como uma virgem Maria a quem ninguém julgará no final.

levantou caprichosa para que nem o manto nem as articulações lhe escapassem e foi embora do lugar onde tinha gastado os últimos anos: um pedacinho de Belém da Judeia no meio de São Paulo, antes terreno seu e agora das pedras da prefeitura. quando os homens chegaram com o material, Cida já tinha deixado para trás todos os seus bens, a caneca e a pilha de papelão, tesouro de que decidiu abrir mão pela missão. pela missão quis atravessar a cidade a pé

só *ar, espaço vazio tempo*
sua *carne humana pesada*
e a companhia de Ana

tropeçou umas quantas vezes na marginal, ralou uns quantos dedos, viu passar uns quantos murmúrios de fé. jamais deixou cair o manto. enrolada naquilo em pleno dia de sol, se sentiu conectada à cidade como se fosse a própria mãezinha querida dos elementos urbanos:

a poeira, a fumaça e o tédio

com os pés em péssimo estado, pisava devagar na calçada quente e nos fragmentos de vida caídos no chão. era meio-dia e Cida aparecia. nossa senhora aparecida abrindo caminhos, protegida por um círculo sagrado invisível, já que nenhuma boa alma ou ruim ousava se aproximar. todos veneram a santinha, todos amam a santinha, acreditava piamente, e tal satisfação deixou que entrasse vento onde antes ficavam os dentes frontais. abismada, lembrou dos sacrifícios que uma entidade como ela, tão próxima de deus, precisava fazer para ser colocada definitivamente no altar dos homens:

enterrar um filho
ou dois ou três ou quatro
parabéns, agora você já pode ser Maria de Nazaré
\ abriu os braços em agradecimento /

os três meninos morreram de cidade
Douglas, Francisco e Marcos

Douglas e Francisco eram agarrados, tinham só um ano no meio, unha e carne como a mãe ensinou, onde vai um vai outro ó cuida teu irmão. numa noite de verão saíram de casa e acabaram gelados, cada peito um tiro de pistola policial, nesse mesmo bairro onde agora ferve a claridade. se ao menos não fossem tão unidos teria me sobrado um, doeu sua culpa de mãe ver passar viaturas em procissão rumo a outro inverno.

a lembrança deixou a santa com vontade de atropelar o asfalto, passar por cima das máquinas, dar movimento ao cobertor colorido com seu corpo dentro. a tartaruga de lã com patas rachadas que desejava chegar ao altar quase virou mais um quadrado da colcha quando raspou por um carro a milhão. já tinha imaginado ter sido assim a morte de Marcos, amassado por um moço de bem quando pedia dinheiro a janelas no sinal. foi engavetado como partes de indigente, Cida só descobriu meses depois que a prefeitura já tinha dado cabo do estorvo.

o corvo, como é lindo o corvo, não é, Ana? é preto, preto como eu, disse ao passar em frente a um depósito de lixo frequentado por aves ornamentais, é preto como eu que fiquei preta quando *veio a noite escura e me pintou de cor*.

chorou

o futum fez um mal danado a Cida, estômago-cabeça-coração, o cheiro de coisa apodrecida invadia a santinha. os gases julgadores condenavam publicamente:

toda mulher que não dá leite
todo peito empedrado que não soube desfazer a incompetência de um corpo fálico
toda não merecedora da fórmula que custa 50 reais na farmácia
toda aquela que não conseguiu catar farelos suficientes para estancar a tragédia nascida

o cheiro de lixo agredia a memória,
fazia lembrar

a menina chorando~chorando~chorando~choran

até a voz se perder na falta de assistência e sangue quente. sangrava a história da mãe que precisou enrolar o corpinho minúsculo assassinado por todos e deixá-lo no container de todos. se alguém encontrar a menina morta capaz de perceber que o mundo é que morreu.

a menina morreu de falta.

Cida doía. teve uma sensação obscena logo acima da virilha, abaixo do estômago, no exato lugar que o anjo gabriel jamais traria para a conversa, o ventre impuro. ardia como o cão sua manjedoura de dentro, que na vida ou na morte só conheceu violência. era como se as quatro cicatrizes do parto sobrepostas estivessem rasgando todas de uma vez, ou uma depois a outra, uma depois a outra, que assim é a dor-penitência.

olá, sol, estou aqui em confissão
qual reza devo rezar?

no local onde jogou aos urubus o corpo nascido do seu, a mulher chega pontual ao compromisso, está pronta para encher sua pele preta de céu. o manto cai e ela já não sente frio. o cobertor virou tapete para quem quiser se juntar a ela e Ana na dança nua sem música. Nossa Senhora jogou para cima os braços exaustos tentando caçar um pouco de luz, as mãos sacodem, os seios falhados também, mas na direção contrária, esquerda direita, direita esquerda, braços, seios, barriga, cada qual um ritmo, todos em movimento.

abriu-se toda. quer mostrar a vagina, coisa que usou para parir e isso deveria ter sido o bastante para fazer viver.

ô você pode se cobrir? cubra-se nós vamos levar você cubra-se levem esta mulher daqui.

a mãezinha do céu querendo voar pelada sobre o asfalto. o vento imaginário batendo nos cabelos sedosos também imaginários, é o que dizem as imagens católicas, Maria de Nazaré Branca dos Cabelos de Seda. a cabeça sacudia entre os gases da putrefação, os quatro filhos correndo em sua volta, Ana também, vultos, seu corpo derrubado no chão, o toque gelado na mão direita levada com força militar até as costas, o metal na mão esquerda se unindo à direita, lacradas em oração.

ajoelhada involuntariamente pelas mãos de deus, Cida sorriu com o buraco que tinha e então começou sua prece.

olha mais uma vez para o álbum, as páginas amareladas. olha para garantir que as fotografias não fazem mesmo lembrar alguém, um rosto, uma casa, um sinal, mas

não, nada.

vira a cabeça para todos os lados estica o pescoço, tartaruga percorrendo geografias mentais, as memórias do bairro onde quem-quando-por-que um álbum de fotos se perderia. a esquina, há alguém ali?, quer investigar rotas de fuga partindo da caçamba de recicláveis em que é expressamente proibido descartar restos de gordura animal, no entanto aqui está: carnes ossos cabelos, toda uma vida humana.

a rua está vazia.
ninguém apareceu para reivindicar o corpo.
bastava deixar ali, no lixo mas

volta os olhos para o álbum.
as fotos em suas mãos.

abre no meio

o plástico descolando

o mofo faz moldura
na casinha da árvore,
eu sempre quis ter
uma casinha na árvore,

a boneca de pano
empurra uma lágrima,
os olhos da estranha
cheios de sonho

o nenê ele está tão feliz,
faz sol e a laranjeira
cheinha, esse homem
e esse bigode ein

vira a página

ri alto. põe a mão na boca
para engolir o som.
não se contém ao ver
o rosto da criança
sujo de chocolate,

que foi
bebezinho?,
o marrom no nariz

balões coloridos e o
grande balão-surpresa,
saudade das surpresas.

um cavalinho de
madeira clara balança
na foto, vai e vem,
vai e vem, ela sente
um desejo de ir e vir

vira a página

o que é que
por quê

fotograf
ias em
pedaços,

gente em
fatias

pessoas
decepad
as
rostos
destruíd
os

corpos ras
gados sem
simetria

retalhos
mortos a
t-e-s-o-u-r-a-d-a-s

sangue-
frio

quantas dores na cervical são necessárias para uma hemorragia de parentes?

os destroços deveriam ter sido deixados para reciclagem, respeitando a vontade de fim dos donos das próprias vidas. acontece que diante do mistério Joana perde o controle da sua e decide que já não é preciso tomar decisões. tem obsessão por miolos e meios, aquilo que não começa e nunca vai terminar. os dias dos dias dos dias que se somam e fazem um epitáfio, é o que falta aqui recolher. formas faltantes no álbum dos outros que agora provocam nela um preenchimento.

num movimento de pecado, enfia o álbum dentro do casaco, axila direita, aperta o braço contra o corpo. passos curtos. apressados. discretos. vai. quer chegar em casa, é logo ali. mulherzinha patética estúpida fofoqueira, ela tem certeza ter ouvido murmurar alguma das paredes vizinhas, ou sussurrou uma sombra que acaba de dobrar o quarteirão, ou é o que disse alguém que chegava para deixar três sacolas de lixo e deu de cara com o flagrante: a mulher que roubou a tragédia dos outros para si.

nenhum evento do tipo aconteceu.

respirando alto e forte, os cem metros pareceram uma maratona como no tempo em que corria e tinha os joelhos bons, ela entra em casa. fecha a porta com o calcanhar. só tem tempo de sacudir uma perna e a outra com força suficiente para os sapatos saírem por si só, despenca de joelhos no tapete, faz um barulho de entulho de ossos, articulações que soaram tão alto quanto o berro de dor que ela não dá. na garganta tão dilatada quanto as pupilas, o ar morno em movimento abre à força o espaço esmagado no peito, aaaaa...
abre também as pernas.
está aberta por inteiro.
entregue ao que chama de investigação urgente
: a existência de alguém.

a capa é bonita, antiquada mas bonita. branquíssima como a pata de Penélope, a gata persa que anda elegantemente por cima do objeto de furto querendo atenção. Pê, vai pra lá, capa branquíssima com ornamentos imitando formas orgânicas em dourado, estética digna de família real britânica passando férias no Castelo de Balmoral, registros a seguir.

a primeira folha é dedicada a informações gerais sobre a criatura.

O LIVRO DA MINHA VIDA

Este álbum pertence a:

Nascido(a) em:

São Valentim, 1970

Minhas lembranças:

....

....

....

aqui jaz um álbum preparado para um pequeno herdeiro
com o trágico destino da identidade rasurada.

de que matéria é feita uma gente que prefere a desintegração, uma rasura no lugar de um nome, de um corpo inteiro? alguém incapaz de anotar lembranças fundamentais sobre si mesmo, cor favorita: viagem inesquecível: uma saudade:

de repente a vida não vivida é tudo que existe para Joana. ela cava suja as mãos enfia as unhas no barro material bruto e úmido pronto para ser modelado, esculpido em forma de salvação, eu gostaria eu poderia... eu talvez eu ... dar um nó nas pontas todas e... regenerar pedaços de um adorado estranho um...

bebê.

um bebê crescido, três ou quatro anos. por que decidiram começar a história aqui, sem retrato de nascer mamar e aprender a cair? teriam esperado a criança vingar para confirmar sua infância? ou não, só não havia boas fotos do bebê antes disso, não havia câmera, quem soubesse fotografar, cenário tempo o momento perfeito. certamente não havia alguém fazendo perguntas.

mal começa a reconhecer o buraco onde cai para desenterrar esqueletos dos outros, um poço para onde escorre toda chance de si, deseja dar meia volta, lixem-se as histórias inacabadas, devolvê-las ao destino das caçambas, mal começa a reconhecer o chão molhado quando é puxada de volta à superfície pelo barulho bruto da porta

tum tum tum Joana, abre aqui!

a voz masculina gritando, a mão masculina batendo de forma muito masculina, que só essas mãos é que batem assim, Joanaaa, tanta intimidade para impôr vogais prolongadas, ela não fazendo a menor ideia de quem é a voz. então faz o que é de hábito sempre que alguém resolve visitar de sur-pre-si-nha!, faz o que é de hábito e não abre, afinal não é difícil ligar e avisar antes de aparecer, não é? silencia ao máximo as funções do próprio corpo, Joaanaa tum tum tum, abre logo, preciso pegar minhas COISAS.

a coisa ficando perigosa a insistência a violência a pretensão de pertencer à casa. a ela.

em outras ocasiões Joana ligaria o alerta já instalado no celular, pegaria o telefone, discaria emergência. mas não faz. finge estar morta, ela e Penélope, podia contar com a descrição da gata acostumada às repentinas versões estátua da dona. Joana só quer deixar passar a tempestade para continuar desvendando as camadas nucleares do universo alheio, shhh. tum tum tum.

foram mais três minutos de mãozadas na porta
e deu. acho que o quebra-nozes cansou.

pronto, bebê, quem é você? pergunta aos pedaços estáticos. uma menina vestida com estampa de flores maiores do que a fotografia. família grande, pai, mãe, tia, primo, papagaio, gato, olha um amiguinho pra você, Pê, a criança tem olhos perdidos, está sem entender muita coisa do circo parental. demorou vários anos-página para ver a menina sorrir, e ainda assim podia notar pela fenda na boca, no fundo da goela dela, o eco de outra voz, se não sorrir pra foto papai noel não vem, se não sorrir pra foto não tem parquinho, sorriso ou castigo, escolhe.

a criança não viu jeito e sorriu. pode chamar de sorriso ou de rasgo aberto por uma cordinha fina amarrada no canto da boca puxada por uma mão ausente no retrato. a menina teria aprendido felicidade assim? dentes à mostra, faltas e sobras represadas do lado de dentro, sem que jamais apareçam para perturbar as histórias que as famílias contam ao vizinho, olá, você quer ver nosso álbum de família?

Joana entende de represas.

tum tum tum Joanaaa, eu vou arrombarrrrrr.

ele de novo.

tum tum tum
tum tum tum

ela ignora.

desta vez não se preocupa com os barulhos da casa, o farfalhar das mãos no álbum, os miados de Pê, a playlist de Vivaldi que acaba de colocar para tocar, uma afronta, trilha sonora de tragédias imaginadas, volume máximo para proteger os ouvidos do tum tum tum sua idiotaaa. Joana sequer se assusta com a presença da criança que acaba de entrar na sala vestida de aniversário, olá, quem é você? sente-se aí, estamos no meio de algo...

nada parece estranho, tudo parece certo agora que Joana não vive mais naquelas paredes, mas dentro das fotos cortadas de legendas ausentes.

Joanaaaaaa

percebe a família ficar enxuta, página 25. parentes de segundo grau tomando outros rumos não registrados no álbum. não compareceram mais aos aniversários da criança, já está uma mocinha, se emociona ao constatar os pequenos seios se formando por baixo da camiseta da escola. os tios nunca mais estiveram nas fotos pós-divórcio que, a investigadora conclui, aconteceu por volta dos dez anos. agora seremos eu e você, deve ter dito a garganta apertada da mãe nestas férias na praia quando ela e a filha se tornaram protagonistas únicas da família diminuída. ou antagonistas, confessam os braços distantes.

nunca mais feliz, nunca mais fingida. foi na adolescência que as fotos passaram a atender à necessidade humana de se desmontar, a ex-criança se rasgou, decapitou, amputou, fugiu do próprio corpo, restou um tronco aqui outro ali. destruição de memórias cometidas pela garota do sorriso marionete, suponho, ou por outra pessoa que escolheu justo o container da minha rua para depositar suas desgraças. tum tum tum tum, cresceu a menininha, uma adulta, se formou em alguma coisa que devia amar ou não, será que a cabeça graduada jogada fora estava ao menos feliz? abre desgraçada tum tum tum, tomada por um afeto repentino pelos personagens do livro que lê-escreve, tem o impulso de enfiar a mão por aquele papel kodak feito de fantasmas, cores mortas e convenções traídas. Joana esquece que a foto é ao mesmo tempo janela e parede intransponível do tempo. quer uma marreta, gostaria de entrar, enfiar braços orelhas corpo todo, entrar. o que ela quer dos retratos é o oposto de uma foto, congeladora de relógios, Joana quer o aquecimento de si, o derretimento das calotas dos anos, mover-se por minutos estranhos e por isso mágicos, estranhos como costuma chamar as coisas bonitas demais.

tá pedindo hein, Joana, eu vou derrubarrrr, batidas masculinas MAsculinas tum MASCulinas tum tum MASCULinas MASCULINAS

pega tesoura, cola, revistas velhas. começa o trabalho minucioso de cirurgia da vida, então é isso que a deusa do tempo sentiu ao nos parir? onde falta um rosto, ela põe outro, onde não há tronco, gruda um, vestido da nova coleção, revista moda outono, ótimo material, quer me ajudar? pergunta à menina sentada na sala, mãos inquietas e o desejo de participar da brincadeira. nas bocas ausentes enfia dentes kolynos, na falta de mãos, dedos colorama colados um a um, usa cola bastão.

invenção de pedaços perdidos
clonagem de absurdos
laboratório de promessas
pessoas remontadas por outras
intimamente estranhas
de repente nenhuma só.

com linha vermelha e agulha, pesponta o entorno dos personagens, criando a verdadeira unidade entre os seres, um elo finalmente capaz de garantias porque uma costura boa fica para sempre, esse vermelho com cheiro de cura, aos poucos o álbum se preenche da esperança de passado, coisa que Joana não tem,

nem esperança nem passado.

pensa nisso
e só de pensar nisso
ela

para.

com o nariz mais aberto que o normal, dedos ainda grudados da desesperada camada de cola, Joana posa para a foto da epifania

a lembrança de que não tem lembranças.

fecha os olhos, aperta com força. tenta fazer com que rodopiem até virarem para o cérebro, até vasculharem em seu córtex frontal qualquer pequena lembrança que possa se sentar com ela no chão e lhe contar uma velha história verdadeira sobre si, uma lembrança vestida de rosa floral, saia balonê, cachinhos preparados para um aniversário, uma memória que diga, vem, eu te ajudo a colar os corpos.

mas não encontra.

cadê? episódio impactante, pessoa amada, trauma, alegria
cadê? meus próprios corpos despedaçados ou inteiros

tudo nela é espaço virgem.

sua memória é folha nova esperando que alguém possa pendurar
um retrato e dar o título: Minhas lembranças.
Joana é um álbum jamais tirado da caixa.

levanta com ajuda dos ossos rangidos,
anda pela casa,
caminho estremecido pelo desaparecimento,
os pés ainda lembram como se anda para frente?
abre gavetas, procura evidências, roupas, pequenos bilhetes,
nomes nomes nomes rostos

aqui achei
uma fotografia de casamento
sou eu e...
JOANAAA!
batidas mais violentas pa pa pa uma barra de ferro a mão masculina armada de ferro a casa agredida mais rápido mais insistente mais Joanaaaa pa pa pa pa Joana mais indiferente a gata mais aflita a menina desorientada atirada no chão fiquem calmas vocês duas ok queridas? esperem aqui que eu ainda preciso descobrir... JOANAAAA, olha de novo para a foto. ela e o homem-marido que ela nunca viu pa pa pa corre de volta ao tapete felpudo onde o álbum jaz glorioso, reciclado, 99% preenchido de velhas novidades, pequenos monstros do dr. Frankenstein sorrindo sorrindo de novo. a vida de papel está cheia enquanto a de Joana definha um esvaziamento orgânico. falta virar a última página, a última foto está milagrosamente inteira e solta, única imagem não fixada, uma cola que já cedeu ao tempo das coisas. basta tocar com os dedos e o retrato cai em voo livre... aterrissa no tapete com o rosto para baixo e um recado tatuado nas costas do papel:
Joana Alberto, compelle intrare. Hospital da Custódia, Janeiro/2000.

os dedos dos pés estão frios. as mãos rígidas, obrigadas à missão
de virar a foto. sujar o cômodo de alguma verdade.
vira o papel devagar e então

o Espelho.

Joana olha Joana

nenhuma delas sabe sobre desatinos ou o lixo de recicláveis ou
a frase de um latim distante ou o paradeiro da gata que já não
está em lugar nenhum ou a menina que também desapareceu. as
Joanas não sabem dizer sobre a violência na porta que começa
a
ra/char
ra/char
ra/char
Joana abraça o novo álbum como faria com sua vida. juntando
buracos de dentro e fora
ra/char
ra/char
ra/char
lembra algo de si mesma
lembra que entende muito sobre quebrar-se e o homem, sobre
arrebentar alguém, um excelente casamento de vocações.
ra/char
ra/char
ra/char
rachou.
a porta se partiu.
ele faz força para entrar.
Joana enxerga o estrondo mas não entende se vem da madeira
ou do próprio pulmão. ouve a sala escurecer em tons magenta
sente o gosto das mãos batidas muito masculinas
cheira o próprio corpo repartido como uma colcha que já foi
várias antes de se tornar o que realmente é

: uma mulher
em
pe
da
ços.

A ARQUITETA

blush de baile pantufa de salão
barra do baby doll enfiadanacalcinha
bunda de fora
bicos de seios frios
pulseiras-pulseiras-chocalho

a mulher tem cachos de rolos
e espera
para atravessar a rua

a mão direita afofa
as pontas dos caracóis
depois ajuda a esquerda
a acender um cigarro

espera o sinal abrir

olha o céu

dá uma tragada e outra
balança o corpo sobre as pontas dos pés
ziguezague-tiquetaque
um relógio quebrado

abre o sinal atravessa

vista por todos e vendo ninguém, ela segue seminua pelos cruzamentos. roça as coxas grossas roxas amarelas marrons nas dobras das esquinas nos buracos dos bueiros nos nomes de grandes homens, Marechal Barbosa Dom João Segundo General Pimenta grandes grandíssimos nunca mulher, cospe no chão a saliva escura fluido sabor tabaco e sangue, aqui nesta catedral vemos arquitetura gótica, teria dito aos alunos da graduação que visitaram seu escritório anteontem para saber como trabalha a sumidade, esta sumidade que agora caminha elegante, calcinha e bunda-ventania. os ouvidos quentes, olha isso quase pelada não olha pouca vergonha essas feministas os novos tempos, moça você precisa de ajuda, ei ei vagabunda. a arquiteta segue sua busca. ela precisa, ela precisa comprar frutas. vozes dilatadas, pestanas sussurradas, mãos nos olhos de maridos e crianças. ela dá uma corridinha, só faltam dois quarteirões, a feira é logo ali. sobrancelhas pintadas de preto, uma delas interrompida, saltita está quase, dobra a última esquina, ela é um coelho saindo da toca, um coelho atrasado e fiel, não se importa mais em despencar os caracóis que ontem deram tanto trabalho para enrolar. tudo se torna menor quando há absoluta urgência em comprar as frutas frescas da feira de sábado. joga fora o cigarro, esmaga com a pantufa.

primeira banca. oito laranjas umbigo, por favor, as favoritas do marido, o homem amordaçado e preso à cama dos fundos do velho casarão *art nouveau.*

A NETA

ela é a mãe que ficou postiça   mãe postiça   a Aurora irmã da minha vó ela criou as irmãs e virou mãe   por que ela criou as irmãs? ah porque   a mãe dela morreu e   ela   e ela   ela era assim Aurora e Dorotéia as irmãs e ainda tinha mais outra é que minha bisavó minha bisavó morreu   quem ficou encarregada foi   foi a filha Aurora tás entendendo? A Aurora criou as irmãs   ela criou a Aurora   tsc não   ela criou a Dorotéia e mais outra a   a   o pai não o pai não se encarregou de cuidar   eram filhas de uma escrava que tinha morrido minha bisavó   o pai? um italiano Marino   o pai das meninas   não não se encarregou   mamãe se chamava Cora Marino por causa dele entendeste? Marino era o vô dela   mas ela nunca viu   pai das meninas   pai da tia Aurora   da vó Dorotéia da outra irmã   a   a Julieta sim Julieta   filhas da minha bisavó morta   e da filha mais velha que virou mãe tás entendendo?

a acústica do quarto 102 da Santa Casa de Misericórdia servia a esses nomes há 24 meses. num giro infinito de fatos bocejos e nomes inúteis, não tinha gente que passasse por ali sem ouvir falar das famosas irmãs Aurora, Dorotéia e Julieta Marino, as órfãs que carregavam o nome do pai europeu, embora nada além do nome e alguns genes. dos cem anos de uma existência escandalosa, era só essa específica lenda de morte e abandono que povoava as conexões nervosas da senhora que já tomava o quarto de hospital como sua casa da infância, *chama a mamãe e a vovó*. em seus últimos anos, a velhinha voltou a ser neta de Dorotéia e bisneta de uma conjunção típica dos crimes coloniais sem desfecho.

o desfecho tornou-se um país, sem muita solução. nada além de senhoras à beira da morte sentindo o sangue de estupros milenares pular para fora da aorta e desenhar nas paredes algum delírio compensatório.

viste a Aurora? é mãe postiça da vó Dorotéia é irmã da minha vó ela teve aqui viste ela?

em torno das palavras
zero coxas com tempo para gastar
zero joelhos dispostos a flexionar um pouco
o suficiente para sentar na poltrona de courino rasgado
cruzar por cima do outro joelho
nenhuma coluna a fim de recostar naquela voz rouca de um cigarro há muito abandonado
ganhar as horas nas histórias entrecortadas por tosses suplicantes
cheiros suplicantes
não havia mãos livres para desenroscar lentamente os
fios feitos de nomes
ver que bordado era capaz de sair
nenhum olho que soubesse ler na língua das rugas de uma boca aberta os contos de ontem
não é da conta dos outros

ninguém leva a sério uma demência. muito menos uma memória.

a ronda no quarto 102 caiu na escala da Aline no seu primeiro dia de trabalho. o emprego era uma conquista para a jovem formada no curso técnico há menos de três meses, quanta experiência poderia ganhar com a rotina de um grande hospital. estava prontíssima para a imprevisibilidade dos dias. foi avisada pelos colegas, precisa de paciência, viu?, e talvez um ou dois sorrisos cansados para atender dona Eulália e sua Língua.

língua:
o músculo mais potente de um corpo final.
língua:
do latim lingua, não mudou quase nada
ainda servindo à deglutição [de papas de hospital], ao paladar [zero açúcar] e à fala [tatibitate].

boa tarde, dona Eulália, eu sou Aline, vamos estar juntas hoje, conseguiu dizer assim que entrou, numa longa brecha aberta entre sujeito e predicado na língua de tododia.

cuidou a Dorotéia e a   a   Julieta a Aurora cuidou

Aline cuidou de Eulália. cumpriu a rotina prevista na ficha e também a imprevista, fralda, soro, remédio, banho, fralda, úlceras, fralda, lençol, janta, banho, soro, fralda e fralda. antes da hora de dormir, foi preciso reforçar o óleo de girassol nas escaras abertas pelo tempo de colchão, e esse talvez tivesse sido o momento mais dolorido do dia da neta de Dorotéia não fosse o frio de doer daquele vento sul que insistia em bater bater bater as janelas da memória.

vovó Dodotéia teve aqui   veio tirar sabes   veio tirar mais uma

entre as instruções aprendidas na formação não estava a curiosidade, mas Aline não pode evitar, tirar o quê, pensou, enquanto notava o choro não derramado nas vezes vezes vezes daqueles nomes batidos no tempo de uma tarde. e depois outras tardes, semanas e meses, pois uma técnica pedir para continuar com o quarto 102 era um conforto de que a enfermeira-chefe responsável pela escala não poderia abrir mão, pronto, fique com ela.

a vontade de polir sua inexperiência nos corredores
de uma variação de patologias se diluiu
numa água em ebulição, a vida
a vida borbulhada
precisando ser dita antes de
toda ela virar vapor

o caso de dona Eulália não era o mesmo daquelas pessoas depositadas sob o alívio de um descompromisso. não era como se não existissem filhos, netos, sobrinhos preocupados com seu bem-estar, sim existiam. mas à medida que a doença ficava mais fluente, as visitas se apequenavam. o tempo de todos era sempre tão curto que era fácil esquecer que o tempo dela era ainda mais.

com a chegada da Aline aos dias iguais, eles passaram a soar diferente, algo além da perda gradativa de letras e conexões na língua em degradação. aconteceu o que sempre acontece quando a Terra se alinha com a Lua, ou uma garganta represada encontra um ouvido seco: maré cheia. a água de fluxos e refluxos primitivos se espalhou entre os objetos da cômoda branca como o mergulho a um naufrágio onde se encontram submersos objetos perdidos de vaidade e vergonha. uma liberdade de água aumentada assim que a técnica trocou os sorrisos de corredor pelas perguntas, me conta, como era a tia Aurora?

a Auora a Auora Auora ela era linda ih já moreu a essa altura mia tiavó ela ela moreu nova coitata moreu pelada a coitata era linda e ficou feia a coitata sabes foi morta não conheci era linda e calma e cudou da vovó e eu cudei da vovó e vovó me mostrou onde vovô doeu mais as frases, que de tão usadas já não se aguentavam em pé, entortaram até ganhar transparência, a indecência de uma criança que não sabe das convenções. a inocência de uma mulher que deixa os seios à mostra, arregaça os destroços do peito, o vinco da gagueira, o canto sujo dos nomes, o sobressalto dos olhos.

Aline ficava fluente na língua que mudava a cada dia. se aprofundava nas entonações, numa música que se ouve tantas vezes quanto insuportável até enjoar e, só de picuinha, começar a prestar mais atenção.

a música passou a estado de sinfonia

ouvindo, Aline viu
naqueles sons se tecia a humanidade inteira da mulher
sozinha
a mulher que é todas as que vieram antes
elas gritavam juntas
Eulália gritava para entender
gritava para guardar guardar guardar
guardava para gritar
a ninguém

agora gritava a uma técnica de enfermagem disposta a investigar com quantas marés se faz uma história dura sobre a terra.

ninguim mais soube ele o   Maino italiano   não fez caso dela   as filhas da muler com ele   mia bisavó   escava   o nome ela   o nome ela   eu não sei

Aline soube que Aurora, primeira filha, era mulher livre e morreu como a mãe, mulher escravizada e sem nome escrito nas portas do século. entendeu que liberdade nunca existiu. nos monólogos diários das 9h às 17h, leu abusos carregados como herança da má sorte de ser anunciada em frente a uma mãe aberta, parabéns, mais uma menina! teriam dito a Dorotéia de luto por ejetar outra criatura ao abismo. criatura é substantivo feminino, se fosse masculino se chamaria humano. em meio a essa alegria nascia Cora, mãe de dona Eulália, que por sua vez também só pariu mulher. Aline ficou chocada, então na sua família só nasce mulher?

a gente nasce e more e é só a gente que nasce dipois more eu Emíla Fancica Ana Pina Lurdi só mnininha e mais otras que só morem e mias primas e eu e mais outras mias filhas e e eu que nasci mnininha

da Julieta, irmã de Aurora e Dorotéia, pouco ou nada se sabia, vez ou outra ouviu dona Eulália perguntar se a vó tinha voltado da visita à tia no hospital. psiquiátrico, concluiu.

preencheu as lacunas faltantes com alguma dose de instinto, outra de imaginação. Julieta foi tida como louca aos 17 anos, assim que deu para falar com os mortos, mais especificamente com a mãe que nunca viu. o marido, que mal havia se casado com a petulância de quem ama um fantasma, foi quem teve a benevolência de levar a mulher à salvação do exílio perpétuo, como sofre o pobre homem, lamentou a vizinhança.

Dorotéia foi a única a visitar a irmã no hospício por anos até receber a carta, Com pesar informamos que a paciente Julieta Marino Pereira faleceu nesta manhã, às 6h53.

Pereira e a nova esposa enviaram uma coroa de flores de lírios.

vovó choa tanto mas tanto tanto mas tanto não sei por que a vovó

Dorotéia chorou tanto que um dia a lágrima secou e nunca mais a netinha Eulália voltaria a ver a cena que ficou pintada até o final de sua vida como retrato fiel da vó,

o pranto.

a mulher que era irmã e mãe e vó de mulher e sabia que esse não era um destino que se podia mudar, nunca mais chorou. Dorotéia foi ter com as netas e com o Tempo. fez memória bonita, também, apesar do horror. foi o jeito de se infinitar até que a ínfima lembrança de uma neta centenária contasse sua história às três da tarde de uma quinta-feira a uma técnica obcecada por guardar coisas velhas.

não choa vovoinha vamo bincá   esse pente é da vovó ela pegou da tia Auora

os dedos de Aline decidindo se guardavam na gaveta ou na bolsa o pente prateado, sim eu sei, muito bonito o pente da sua vó, na bolsa configuraria roubo mas configuraria também um culto à continuação, se dona Eulália morre colocam as relíquias onde, num sacolão?

deslizou o indicador pelos detalhes em alto relevo, enrolou no pano de algodão e devolveu ao canto da gaveta enquanto a música de Eulália continuava tocando: Aurora já não era viva há muito tempo quando o olho de Dorotéia secou. mas a irmã-mais-velha-*mãe-postiça* também teve parte com a estiagem. o sumiço dela foi a primeira hemorragia que Dorotéia experimentou, porque um estupro de uma irmã é sempre um estupro de si mesma.

um homi igualzi ao Maino sabes   Maino bem branco que fugiu pra oropa   foi quem   pegou a tia Auora um homi igualzi ao pai dea   e também fugiu

Aurora, que já tinha vivido a solidão de mãe sem ter sido, começou novas experiências: ser uma mulher usada sem ter pedido. depois disso homem nenhum quis saber de namoro com a moça sem lacre, e uma moça sem namoro é uma moça sem marido e uma moça sem marido é uma moça sem família e uma moça sem família não é ninguém.

como fazia desde que veio ao mundo, Aurora abraçou mais essa desencomenda: foi dar aos homens para viver. morreu.

encontaro titia feia sabes   muio feia   muio roxa   muio sangue
muio roxa   áua   me alcança áua   pede pra mamãe

sua mãe já morreu, sua vó também, todo mundo, me diz por favor, pegaram quem matou Aurora? como Dorotéia soube? teria dito uma Aline desesperada por desfechos se uma tosse barulhenta não tivesse trazido de volta o status técnica de enfermagem cuidando de uma idosa demente. hora de jantar, foi o que disse, enquanto tentava voltar à concretude das paredes bege pintadas de verde da metade para baixo, rodapé destruído por cupim, tv mal sintonizada no mudo.

será que as paredes no hospício de Julieta eram assim?

mamãe
mama
mama
vovó

dali em diante foram dias de bastante confusão entre uma memória muito limpa e uma autoconsciência imunda. na batida das teclas apagadas o Tempo ficou desmarginado

desletrado

desleixado
desapressado
degringolado

a a a comémesmoela a v

de tanta orelha prestada, Aline já sabia, a música estava no fim. pediu para emendar plantões, se voluntariou em horários invertidos, segurou a mão que um dia sonhou tocar piano mas nunca, leu a boca que quando nova aprendeu a fechar como as pernas, a sorrir molhada diante da traição do marido [os homens são assim], a boca que velha desaprendeu tudo e quando derradeira se vingou cuspindo todos os pratos frios já engolidos por ela e pelas mulheres de antes.

Aline sentiu o cheiro dos olhos se aprofundando no céu de gesso, tocou nas últimas notas da melodia que se antes não era sua passaria a ser porque há o dia em que os personagens que amamos se tornam parte do nosso tecido conjuntivo, não há cirurgia separatória.

soltou as mãos da neta, abriu a gaveta e pegou o pente.

Tu és uma borboleta azul
que saiu do casulo para a vida.
Norma Almeida

a maçaneta de bronze se move. um cavalo entre arbustos talhados na madeira de um século antes dessas mãos. as mãos parando diante das ondas, há vento no animal, há desejo, solidão. ela vê beleza no cavalo de bronze. tenta acalmar a fera. passa os dedos grossos na crina delicada, como se fosse a primeira vez que toca o móvel maciço. há dois anos está diante da penteadeira e só agora, então, só agora percebe essa nostalgia, esse prenúncio.

todo dia o mesmo encontro. ela abre pega passa. o pente com fios suicidas, a base amarelada pela metade, o pincel exausto de dar saúde às maçãs, o rímel cada vez menos tímido, o batom... vermelho... lacrado. no fundo da gaveta direita. o batom e a poeira. a vergonha, ali no canto. ela olha pega desiste. todo-dia. todo dia a mesma coisa e só hoje assim, admirando o bicho de bronze. dois anos puxando a maçaneta e é incrível o efeito tardio de certas funções: as retinas, os reconhecimentos. o velho cavalo ignorando burocracias de abrir e fechar, apenas cavalgando entre as naturezas mortas da penteadeira que ela herdou da vó.
comprou no brique da esquina mas
prefere contar uma história de amor.

era pra ser, herança. antes de perder as palavras a vó usou as poucas que restavam para impor vontades, o móvel de fazer beleza deve ficar com Vilma, ouviram? ouviram, mas ninguém gostou da decisão. cabeças disseram sim com a mesma condescendência destinada a uma criança que inventa amigos impossíveis. depois do corpo morto para quem ninguém devia promessas, a penteadeira onde Vilma e vovó passaram tantas manhãs de descobrimento seria de uma prima bastante cínica e depois de um senhor de antiquários que pagava bem.

Vilma nunca soube o paradeiro, mas é certo que a penteadeira da infância ainda vive na encruzilhada, lado direito do pensamento, enfiada no tutano, a madeira saliente para fora do crânio, enrolada em seus cabelos longos. comprou esse móvel falso para suprir a falta física daquele vestígio de afeto. mas então hoje este cavalo, este cavalo de bronze resolve correr, ele está tentando buscar de volta as manhãs de descobrimento, vovó abrindo o porta-joias em segredo, vem meu querido, vamos nos enfeitar.

Ana era o ser humano que via na neta outro ser humano e não um humanoide nascido do avesso. em sua frente, Vilma, que ainda não se chamava Vilma, podia inflar os pulmões a ponto de sair voando pela cidade, um balão de festival interrompendo reuniões. a qualquer sinal de repressão, vertigem ou sorriso torto direcionado à criança, a matriarca respondia com seu famoso músculo involuntário da dignidade: a garganta. vocês todos são o que são e eu os aceito assim, cicatrizes manias picuinhas defeitos mesquinhos, pois o menino é como é e a terra há de comer todos na mesma, não é? barriga língua nariz, a terra não nos perguntará se vivemos uma vida benzida, apenas engolirá um a um, você você e você também pois é, já é tarde tchau, que não caia nenhum raio em suas cabeças ãn? hoje deus padeceu.

Vilma não esquece aqueles jorros sem ar sem réplica com excesso de saliva. o rebolado raivoso daquela mulher a conduzindo até o quarto, apontando a penteadeira, aqui estão as joias ali as maquiagens. os polegares quentes secando as lágrimas de rejeição, pronto pronto, os mesmos dedos que anos antes tinham secado outras lágrimas no mesmo rosto, a dor do abandono. naquela vez a mãe de Vilma deixou a casa e a criança para ir em busca de, ela é uma mulher, querido, aprenda logo isso, algumas mulheres precisam abandonar partes de si para escalar os muros da China. as mãos manchadas que seguraram o neto na despedida materna estavam lá outra vez, nos onze anos de uma identidade em fermentação, estavam lá as mãos apontando para a penteadeira, aqui as joias ali as maquiagens, hoje vamos dar uma festa só nossa.

o cavalo segue seu percurso.

o cavalo falso de uma penteadeira falsa.

os cabelos ao vento.
os cabelos de Vilma seguem os movimentos da crina de bronze. a memória no corpo de um novo animal que vovó teria gostado de ver isso. ela abre a gaveta da penteadeira e busca no canto esquerdo o batom com etiqueta intacta Deusa Rubi 59,90 nunca aberto.

e agora aberto
e agora brilha
o batom.

no teatro sem cortinas, Vilma está na plateia e no palco. são assim os verdadeiros espetáculos. a espectadora se emancipa e assiste aos próprios movimentos, sem agir senão pela força do corpo, o medo para trás murmurando a travesseiros surdos. percebe cada dedo realizando uma função no manuseio do objeto, articulações feitas para girar e girar. o braço subindo em direção ao maxilar com a leveza de um navio em busca de

anarquia.

ela e os milhares de escorraçados da terra, o vermelho encosta na boca, ela e os prisioneiros da Nau dos Loucos, pinta pinta pinta, os passageiros rumo a um destino de séculos, encharca os lábios de cor, ela e as criaturas que tomam o leme para si, erguem uma casa em alto mar,

o próprio corpo.

Vilma sente prazer na textura pastosa montada sobre os lábios de ácido. a boca se enche de água e carne viva, as duas partes brincam de abraço esfregado, Ana ensinou é assim que se espalha um batom umm-mm. fecha com carinho a embalagem cilíndrica. o contato com o material gelado faz brotar folhas verdes nos braços da mulher-cigarra, ela se entrega à repentina sensação de floresta. um ar de primavera sopra nas cortinas do quarto enquanto a mulher pega a bolsa neon fabricada para os clubes da noite, pendura no ombro verde de um dia útil, põe os sapatos de salto e começa a

m
e
g
a
de c o l

do alto do metro e noventa e três, Vilma cruza a porta aplaudindo metamorfoses, como devem fazer as mães que não vão à China e as avós que não morrem.

sai voando vestida de si.
na boca o gosto do vermelho e do próprio nome, eu me chamo Vilma.
Vilma entra no ônibus a caminho do trabalho, eu me chamo Vilma, gostaria de dizer a todos os presentes, corpos preenchidos

de suor e urgência, boa tarde eu me chamo Vilma, quando nada é mais urgente que um segundo nascimento.

na janela para a cidade, velhos filmes retornam. a dança, meu bem, a dança liberta, prefere que te chame de menina? a voz de Ana preenchendo espaços mentais onde o barulho carro-gente-catraca não chega, vamos dançar, cigarrinha? você deve fazer isso antes que o peito arrebente, inventar uma música, pintar uma dança de escândalo, escândalo, meu amor. quase perde o ponto, aperta o botão de pare, puxa a franja para trás, abana para o motorista, desce no cruzamento Piedade onde lhe aguarda o grande falo prateado feito de janelas minúsculas.

Bom Dia Francisco, a boca vermelha cumprimenta o porteiro num volume mais alto do que o calculado. até Vilma se assusta. espera o elevador, Bom Dia, repete a satisfação, a garganta querendo ser vista como parte do novo monumento, Bom Dia, estranhos entrando e saindo da porta giratória, Bom Dia Bom Dia, percebe que uma voz lubrificada penetra melhor no espaço, mesmo dentro de construções imponentes nascidas para os negócios onde não, não há preconceito em nosso escritório, apenas pedimos que seja mais discreta, é para não confundir os clientes.

Olá Bom Dia, entra no elevador. nono andar por favor.
tem tempo de reforçar o batom.

sou um dos gatos da vida dela, embora o único de puro algodão português, nascido de novelo, agulha e tear. moro pendurado na sala de estar, na quina entre cozinha e corredor. não posso me queixar, a paisagem é agitada, ou costumava ser:

a porta.

acompanho quem entra, quem sai, quem fica, quem está sempre a ficar.

a Casa de Matilda tornou-se popular desde o "casinha de vó", apelido dado por um viajante na época dos comentários cinco estrelas,

Ela trata a gente como família,
experiência de casinha de vó. Recomendo!

sei as palavras de cor, mamãe Ma leu dezenas de vezes em voz alta para impressionar nossos ouvidos cansados, mesmo o meu de tecido morto, você viu o que escreveram, gatinho? disse à minha parede. chegou a imprimir o fabuloso elogio para não esquecer, guardou com pompas, adesivo prata, vejam, meus fofos, como é bom o amor! gatos indiferentes subindo em seu sofá.

ela gosta da nossa aprovação. ela finge que recebe.

o que um refinado gato trançado em fibras flexíveis, cordinhas manuais, que vive a lamber o próprio frizz com língua felpuda sem ter por onde cuspir tanto algodão, o que um gato como eu entende sobre o amor, você deve estar pensando. pois, saiba, entendo de entender. para isso fui tecido, tecido por mamãe, para lhe dar plateia, a coitada. Matilda, essa mulher que fecha os olhos para escutar o pastor no radinho de pilha, essa mulher que todo sábado pela manhã assiste ao programa das emoções no canal religioso onde dizem observar o mundo com paciência é a forma mais profunda de entendimento, aleluia.

sendo assim, a tal religião deve me considerar um excelentíssimo entendedor de assuntos humanos. sendo assim, tomaria liberdades de salientar, não, mamãe Ma, aquilo não era amor, era apenas um comentário satisfatório. teria dito se ela pudesse me ouvir.

a decoração, um cemitério de ossos dos vivos, costumava chamar atenção de hóspedes jovens, pessoas de vestimentas estranhas, mangas sem simetria, calças cortadas à metade, formas incompreensíveis caídas das orelhas, riscos nos cotovelos. talvez estivessem a sentir afinidade com as peças de tricô multiplicadas pela casa, ah, coisa mais linda o gatinho na sua parede, você que fez?

também adoravam o papel de parede quadriculado, ancião da década de 60. Matilda nunca trocou. de tanto tempo sem se retirar, a estampa triste e desbotada acabou por se apegar aos cômodos de tal forma que agora crê ser ela mesma a própria parede.

toda feiúra ganhou forma de coração da memória para quem chegava para dormir, minha mãe usava assim, meu avô tinha um igual, isso aqui tem jeito de infância, senhora, sorrisos sorrisos sorrisos felizes.

mas todo coração quebra, o da memória não é diferente. passou a suceder muito por aqui, minutos antes de, dona Matilda, temos que ir embora mais cedo, desculpe, tchau.

os visitantes, um a um, partiam cada vez mais rápido, todos em situação de extrema urgência, sem sobra de tempo de olhar para trás e observar os sussurros molhados de mamãe vazando:
vocês
não gostaram daqui?
de mim?

gostaram, sem dúvida, até você gostar demais. obrigá-los à sua companhia, impor aos filhos indevotos as novas regras da casa:

fazer as refeições na mesa com você
sentar na sala para vinte minutos de convivência
tirar foto com a família: você
ter os retratos pessoais subtraídos de seus arquivos na internet e espalhados pela casa no segundo dia de hospedagem, como você conseguiu nossas fotos, senhora?
acordar sob sua vigília noturna no quarto de hóspedes, oi, vim ver como estão, quer mais um travesseiro? aceita um chá?

gostaram, mamãe Matilda, e depois assustaram. a superatenção acumulou como bola de pelo na garganta até fazer uma bolotona impossível de cuspir.

há uma reserva para hoje.

ela acaba de sair do banho perfumada de convencimento, desta vez vou ser a anfitriã perfeita. não há como não gostar da casa da vovó quando já está servido um belíssimo banquete com as comidas preferidas das novas netinhas, não é? aprendeu tudo sobre elas na pesquisa que fez, rolou o dedo em quilômetros até vir a saber que Andréa ama comer bolinho de chuva em dia de sol e Chica só toma banho fervendo, que as duas gostam de rock'n'roll, o vinil já está na vitrola, e que elas curtem mapa astral,

será um dia perfeito,
talvez tenham dito os astros.

escuto um toque
no telefone, a notificação
o sorriso corre para ler,
lê e volta a ser doença
cabelo murcho de ducha desperdiçada
nariz apontando ao chão cada uma de suas gotas

as hóspedes
não vêm mais.

cancelaram a reserva na casinha de vó
que hoje conta com duas estrelas e comentários muito menos animadores

Corre, a velha é maluca!

Matilda anda pela casa recolhendo signos do zodíaco comprados na loja de festas, retratos impressos das garotas que já ama profundamente, encosta uma foto no ninho do peito, recolhe o kit família-dos-sonhos como quem junta estilhaços de um raro vaso do Egito.

é sábado, acaba de lembrar,
um bálsamo.
acende a tevê, ligação direta com deus,
a grande conversa sobre a vida.
se contenta com as pregações

porque não pode me ouvir
uma pena, se pudesse…

como seria bom o amor.

te sinto pela primeira vez
como sentiria qualquer criatura que se mexe.
mas porque era você,
esse foi o retrato que fiz de mim
: aqui e agora, o amor.

eu
você e
esse tremor de terra distorcendo estátuas ~ São Pedro ~ Nossa Senhora Aparecida ~ Nossa Senhora de Fátima ~ Santo Antônio ~ São Francisco de Assis ~ São Sebastião ~ Nossa Senhora da Conceição ~ José de Nazaré ~ Divino Espírito Santo ~ Lagartixa-doméstica-tropical.

o bicho está imóvel. dedos grudados no altar em posição de fuga
ou de prece,
aterrorizado
diante das sufocantes ondas sonoras, minha voz
que não pode ser gritada mais do que esses miseráveis espasmos
de som
aqui
aqui
e aqui isso

somos
pecadores ?

o corpo da lagartixa exige ossos elásticos,
penso nisso enquanto você, meu amor, me come.

sinto meus ossos se dobrarem uns sobre os outros, uns sobre os outros, uns sobre os outros, devo estar perdendo a pele, alargada, dedos molhados, quero testar o adesivo das pontas, escalar a janela barroca, fingir que sou eu o animal que

. . .

s o b e

s o b e

sobe

está nas escrituras,
o corpo é edifício erguido para grandes feitos
: a purificação.
não pecar.
não ceder à tentação.
não goztar.

ouço o sino badalar
: são onze horas
e eu quase
são onze horas
e Deus quase
me pega goztando demais.

quase te pega aqui,
me mostrando tudo sobre o mundo dos vivos.

são as horas das obrigações
e eu sequei
diante da Virgem Maria
o terço de volta às minhas mãos
eu sequei.

mas por baixo do hábito preto, esse pano de convento com o qual abraço os fiéis carregados de caridades pascais, por baixo dessa roupa benzida de promessas, juro meu Deus, passo o resto do dia tocando com as coxas a umidade

l i b e r t a

pela força das tuas pilhas alcalinas.

o avião voa baixo
poderia arrancar minha cabeça.

olho para o chão para proteger o pescoço e os olhos, eles precisam ficar, Paco sempre diz que meus olhos são a coisa mais bonita que tem, precisam ficar e voltar para Paco. mas o caminhão vindo na minha direção, esse caminhão trazendo mais gente, gente com vagina e seios de todos os formatos, alguns cheios de leite escorrendo para livre demanda de bebê nenhum, diferente do meu bebê crescendo aqui dentro. esse caminhão ameaça demais os meus olhos.

deixo cair as pálpebras
proteção
até que um chute de bota de chumbo
faz arregalar tudo em mim,
só não a garganta inchada de pneu de caminhão
só não a língua de onde
nenhum grito se levanta

a dor que a bota deixa na minha barriga é familiar, um latejar violento lento lento que demora a sair e chega a falar comigo, anda, desgraçada, esse é o som dos hematomas da prisão. aprendi desde a primeira.

atravesso para o outro pátio, está vazio. onde está o avião? os caminhões de mães? as botas e os jorros de leite sumiram, não estão mais as perguntas latentes no ar, você vai colaborar ou prefere os ratos na vagina? de repente estou sem algemas, sem as mãos também. no lugar das mãos começam a nascer brotos de alguma planta, talvez carnívora, sinto a pele rasgar nos punhos e tornar-se folha, eu gostaria de ser inteira uma planta selvagem, cravaria meus dentes nas carnes mais peçonhentas de todos os continentes, eu iria

vó!

uma voz me puxa
olho para trás, lado esquerdo

vó, para!

olho para frente, lado direito, quem? o som me confunde.
para prisioneiras não é nítida a direção do vento, invenção do Maior dos pais para ajudar os menores a controlar quem chega em caminhões.

vó!

a quem essa criança chama?

olho para baixo. minhas mãos de planta crescem numa velocidade admirável, se a humanidade soubesse apreciar a verdadeira beleza, como um broto-ferida, não precisaria das promessas dos milagres e dos altares. crescem minhas folhinhas de pulso germinadas pelo sangue que flui das minhas veias até o lado de fora, o sangue quer alcançar as grades da prisão, desafiá-las com galhos raivosos.

vó, calma...

a voz é de menina.
esses gritinhos agudos, esses gritinhos mais parecem risadas nervosas, o que há para risos aqui? um vulto menor que um arbusto aparece entre mim e a grade, um formato de bicho. e eu destinada a florescer levando tudo pela frente.

minhas mãos verdes contornam o vulto, alcançam o metal das grades que separam os dignos do resto de nós, as milhares de herdeiras da lepra. meus galhos batem na cerca ignorando a superioridade do material, querem ver o que há além, meus punhos sacodem as folhas como se fosse possível abrir portas com canções de orixás.

chhhacoalhochhhacoalhochhhacoalhochhhacoalho as ervas nas grades da prisão até que

ai, tá fazendo cosquinha!

o vulto diante de mim
o arbusto-bicho-pessoa
presa em meus braços de árvore.

vejo a menina em pé numa cozinha
que parece ser minha

eu estou sentada na frente dela
l i v r e
sentindo um incêndio no peito
por ter perdido a geografia
do Tempo
por ter perdido a minha própria geografia.

eu
de volta ao futuro
chhhhhacoalhando folhas de arruda em partes do seu corpo,
como se precisasse arrebentar fechaduras
destrancar alguma coisa por
dentro _
da criança _
dentro _
de mim _

a botânica do seu rosto de menina
sorri
remonta mapas
rasga meus portões.

já estou para além dos muros,
estou aqui.
dizendo

: desculpa, meu amor, a vovó promete
que te benze mais devagarinho.

A LEITORA

Mrs. Dalloway disse que ela mesma iria comprar as flores.
Virginia Woolf

Mrs. Dalloway não disse que ela mesma iria comprar as flores e isso deixou Juliana em pane. se não ela, quem? quem se encarregou dos arranjos para a festa de Clarissa? quem decidiu arrancar do livro a frase que tão cedo tão alto elevava a protagonista? a leitora apegada ao que dizem as estantes não aceitou o destino rouco, embora estivesse ali, diante dela, a página lida dezenas de vezes, antigas palavras da memória que poderia recitar sem os olhos, agora era uma página pendente. diferente. uma única frase ausente e já outra história a ser contada, apesar das mesmas traças a visitar.

um soluço mais alto do que o apropriado para o ambiente mudo fez todos na biblioteca olharem para a garota da mesa seis. era Juliana, levantando a mão, me desculpem, e logo baixando a cabeça em direção ao interior profundo do papel, rosto rosa tentando conter novos soluços. foi vencida pela respiração ofegante entrecort ada por mais um pu lo do diafragma, você está bem?, es tou. os espasmos sempre foram sua cruz em momentos de esconder angústias, como não encontrar a célebre frase de Virginia Woolf em lado ne nhum.

por favor, vo cê tem outro exemplar deste livro?

sim, aqui está.

pegou outra edição de *Mrs. Dalloway*, a mais antiga do acervo da Biblioteca Municipal. voltou à mesa, deixou as muletas apoiadas no canto direito como sempre, dessa vez com mais lentidão. queria saborear a esperança cítrica de que o mundo voltaria aos eixos
em alguns segundos
logo
toda confusão desfeita
palavras honestas
escritas na ordem perfeita
relíquia de impossível mutação
apenas a ordem perfeita:
Mrs. Dalloway disse que ela mesma iria comprar as flores, vamos livro diga.

mas não disse. de novo. no segundo livro, Clarissa também não fez o que deveria, vá comprar as flores, mulher! eu imploro! gritavam os soluços de Juliana, enquanto um formigamento nas mãos obrigava o dedo a apontar para a prateleira mais próxima, os clássicos,
aqui,
Úrsula,
por favor,
eu quero.

os comandos absurdamente desajeitados espantaram o bibliotecário, homem acostumado ao comum. pegou a edição recomendada de *Úrsula* e entregou à garota com camiseta de prisma, nossa como ela cresceu. conhecia ela há anos, desde que chegou de mãos dadas com a mãe, talvez na idade de oito ou nove, deixa eu ver a ficha dela, agora já tem dezenove, o tempo... ele lembrava bem, mãe e filha entrando em silêncio na igreja dos livros, devagar, no ritmo da menininha que na época usava aparelhos nas pernas, olá, por favor, voz baixa, como podemos fazer para ler livros, digo, ler e devolver. a senhora quer se associar? sim.

e foi assim que uma mãe apresentou à filha o único lugar no mundo onde as duas queriam estar, o senhor sabe, lembro de ter passado aqui em frente com uma barriga grande, bem grande de nenê, era essa minha filha Juliana prestes a nascer, contou ao funcionário numa dessas conversas começadas sem que a outra pessoa tenha perguntado, apenas o sorriso de relógio, uhum uhum, mirando com o canto dos olhos a pilha de livros que aguardavam a trabalhosa catalogação, sim sim, licença um instante, senhora. dez anos depois as pilhas já não eram assim tão longas, nem as conversas.

agora havia tempo de sobra para entender por que mulheres grávidas passam em frente a bibliotecas e por que isso era algum acontecimento importante.

ele olhava para a garota crescida, sua história entrelaçada ao prédio monumental, ela girando a cabeça de uma página à outra como se estivesse numa competição, 100 metros profundos de leitura. exalava tempestades enquanto buscava farol, os jovens de hoje são intensos demais, Ossídio pensava balançando a cabeça enquanto dava passos lentos até o corredor de Poesia.

O sangue africano fervia-lhe nas veias; o mísero ligava-se à odiosa cadeia da escravidão, sabia que protestaria Maria Firmina em algum lugar de *Úrsula*.

teve medo de abrir Firmina e encontrá-la emudecida. seria preciso investigar, estou diante de um roubo em massa?, abriu o livro.

ela não disse.
nesse ou em qualquer outro exemplar a frase que vinha das veias fervidas da escritora, não havia.
então a bola no estômago de Juliana se espalhou
até espremer todos os outros órgãos de seu corpo.

A vida, embora nada mais seja do que um repositório de misérias, me é muito cara e eu a defenderei, também não estava nas páginas do famoso monstro, ausência comprovada pela leitora em todas as mais raras edições de *Frankenstein* que conseguiu encontrar. assim como Mary Shelley desdisse o que antes havia dito, Clarice Lispector desescreveu sobre a vida de Macabéa a epifania *entre os fatos há um sussurro, é o sussurro que me impressiona*, e bom, desnecessário continuar, pouparei você, leitor, do incurável sofrimento que tomou nossa protagonista.

em sua escavação desesperada, descobriu uma a uma todas as grandes obras em amputação. centenas de frases mudas, textos murmurando buracos no que já não havia. até que o buraco atingisse um tamanho do todo, ou apenas o metro e cinquenta e dois centímetros do corpo de Juliana. foi quando passou a invejar a traça que vive nos papéis cheirando a mofo, ela sim pode engolir a letra e torná-la parte de si antes que lhe neguem tudo, antes que lhe neguem até isso.

passou a dedicar todo tempo livre a perseguir pistas, a começar pelos suspeitos, leitores registrados nos papeizinhos de devoluções colados nas contracapas, Fabian, Gabriela, Tatiane, lia cada nome com rancor. a missão cresceu na medida da coleção de frases sumidas. a leitora passou a ocupar de investigações até o tempo que já estava ocupado, colegas da faculdade de letras embasbacados com as faltas da aluna mais aplicada, gente, alguém sabe da Ju?

ela sabia com exatidão os intervalos de Ossídio e aproveitava toda fresta para bisbilhotar nos cadastros de associados os endereços das criaturas. batia em suas portas, se apresentava como funcionária da biblioteca, despejava longos interrogatórios oficiais apenas para registro no nosso sistema, até a conversa levar tempo demais e ela ser educadamente expulsa, até ter que gritar em frente à casa da pessoa que sim eu sei que você está esco ndendo alguma frase, até receber um olhar de desprezo assustado disparado pela fresta da cortina, alô, é da polícia?

só restava a Juliana uma única saída, acionar as autoridades defensoras do livro, secretarias de cultura, pequenas e grandes editoras, organizações sem fins lucrativos, as lucrativas também, colecionadores, mercadores, sebos, escritores e até a academia brasileira de letras, era tempo para desesperos, olá, me chamo Juliana, te nho, perdão, tenho um assunto sério a tratar.

após meses de incansáveis explicações sobre as palavras perdidas, nenhuma de suas denúncias vingaram, agradecemos a sugestão, mas não encontramos nada que corrobore com sua denúncia, atenciosamente, assim acabavam três em cada três e-mails.

foram de fato só três respondidos.

restou a ela apelar para os ouvidos da cidade
gente que passa e vem e entende de faltas
sabe o que é perder
um direito
uma pedra
uma mãe,

sabe o que é ver as autoridades em tronos de descanso
e não ter um megafone capaz de acordá-las.

pegou o megafone, porque a cidade, sim, tem ouvidos de trabalho, pegou o instrumento e foi até a praça central espalhar a palavra do Sumiço. ficou ao lado do chafariz bege com seus cartazes pintados a capricho, frases perdidas escritas em cartolinas de cores diferentes, depois todas da mesma cor desbotadas pelo sol de duas estações:

Quem roubou nossas frases?

nos primeiros dias, Juliana chegou a conquistar cinco ou seis caminhantes atenciosos, depois quatro, dois e nenhum, se tornando parte da paisagem de estudantes, prostitutas e velhos jogadores de xadrez.

de tanto falar a ninguém, os gritos de papel também cansaram e aderiram à textura cinza-marrom que cobria a praça, passaram a ser parte submissa à desordem das pombas e dos peixes mortos na fonte, até que eles, os cartazes, viraram mais adorno que propósito.

ninguém notou quando passou a lhes faltar uns órgãos vitais,

uem roubou nossas frases?
uem rou   nos as f ases?
ue   nos   f a   ?
ue

suas palavras de cartão não eram mais seguras para fazer uma ponte e Juliana foi obrigada a escrever pela cidade com as próprias cordas vocais num volume que pudesse compensar a ausência de tinta, algu ém viu as fr ases? on de est ão

na medida em que o desprezo se tornava monumento de calçada, seus espasmos dilatavam numa fúria crescente, eu s sou a mul lher que inves tigou

cin quenta cl assi cos que

d des co briu que e
eles f oram

r rouba dos

r rou ba

dos

o diafragma foi se acostumando tanto à contração que fez dela o normal, impedindo qualquer palavra de se formar sem interrup ções

e então, de sequer se formar.

abandonada pelas próprias frases, Juliana jogou na água suja do chafariz tudo que ainda lhe pertencia, cartazes decepados e o megafone gasto, restando só as muletas. segurou mais firme do que de costume, caminhou pela praça olhando uma flor inexistente, alguém que procura o que já esqueceu. diante do mato crescido do canto leste, se embrenhou entre as árvores.

no mês seguinte
sua casa
foi colocada a leilão.

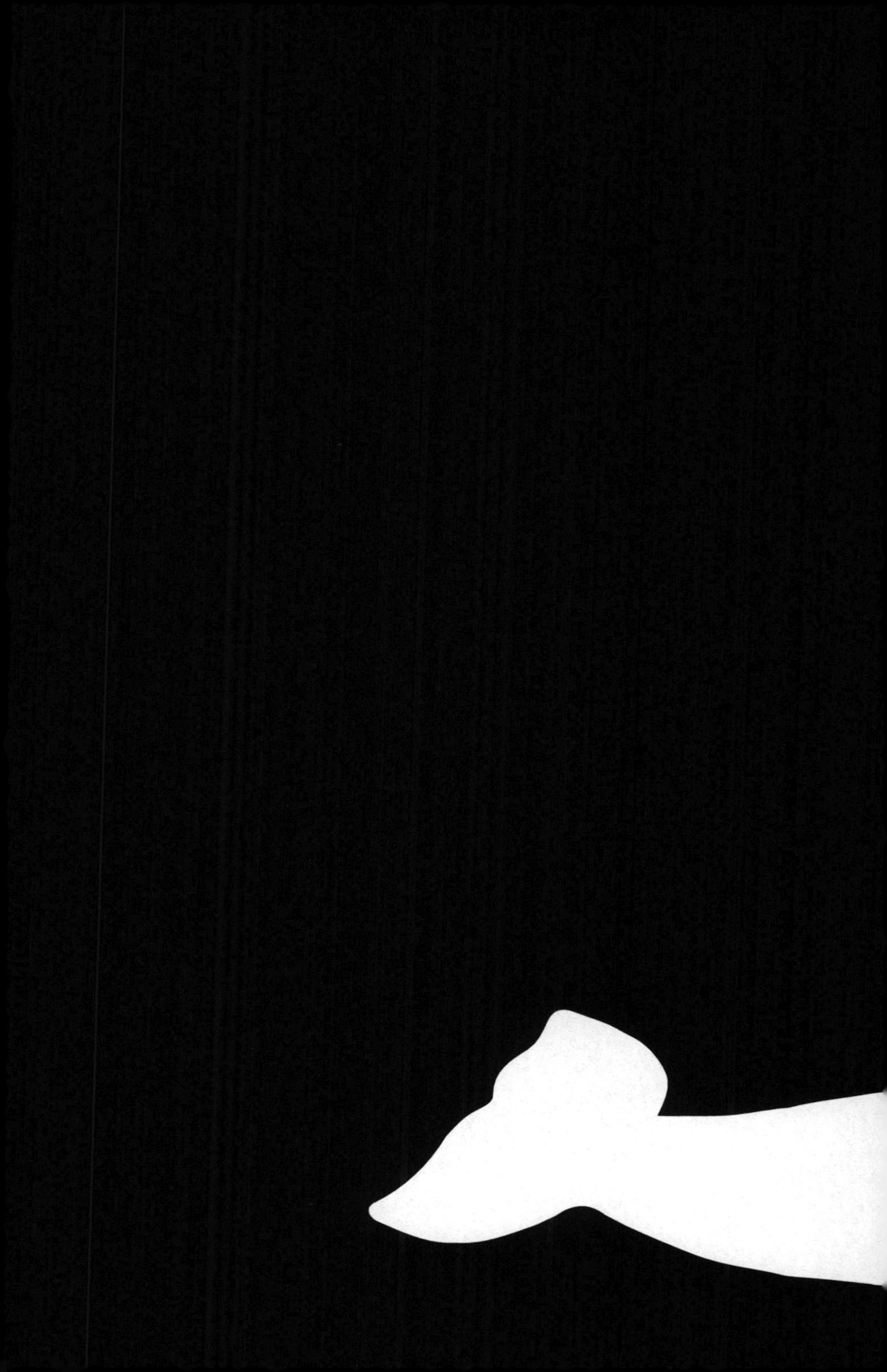

AGRADECIMENTOS

aos primeiros olhos que percorreram as carnes frescas deste livro, Ticiana, Lucas, Ana e Júlia, amigos queridos, meu imenso obrigada. à Maria Elena, por ter lido quando tudo era mato e voltar três anos depois me regalando com uma orelha tocante. ao mestre Marcelino, ícone da generosidade, por me dar este título e um definitivo empurrão rumo aos ossos da escrita. às mulheres da minha vida, mãe e irmãs, por toda fúria que já trilhamos, por serem fonte infinita de amor e inspiração. à Cachalote Editora, por me acolher, e ao André, editor que soube entender esta casa como poucos. ao meu companheiro de vida, Gustavo, líder de torcida, primeiro e último leitor de tudo que escrevo, obrigada pela crença inabalável em mim, por estar sempre aqui. à minha vó Norma, poeta jamais descoberta, agradeço por ter existido, por ter se orgulhado de existir. por se negar a morrer e seguir respirando através de mim e agora destas páginas.

CARA LEITORA, CARO LEITOR

A Cachalote é o selo de literatura brasileira do grupo Aboio.

Lemos, selecionamos e editamos com muito cuidado e carinho cada um dos livros do nosso catálogo, buscando respeitar e favorecer o trabalho dos autores, de um lado, e entregar a vocês, leitores, uma experiência literária instigante.

Nada disso, portanto, faria sentido sem a confiança que os leitores depositam no nosso trabalho. E é por isso que convidamos vocês a fazerem cada vez mais parte do nosso oceano!

Todas as apoiadoras e apoiadores das pré-vendas da Cachalote:

— têm o nome impresso nos agradecimentos dos livros;
— recebem 10% de desconto para a próxima compra de qualquer título do grupo Aboio.

Conheçam nossos livros pelo site aboio.com.br e sigam nossos perfis nas redes sociais. Teremos prazer em dividir com vocês todos nossos projetos e novidades e, é claro, ouvir suas impressões para sempre aprendermos como melhorar!

Embarque e nade com a gente.

Cada livro é um mergulho que precisa emergir.

APOIADORAS E APOIADORES

Agradecemos às 228 pessoas que confiaram e confiam no trabalho feito pela equipe da **Cachalote.**

Sem vocês, este livro não seria o mesmo.

A todos os que escolheram mergulhar com a gente em busca de vozes diversas da literatura brasileira contemporânea, nosso abraço. E um convite: continuem acompanhando a **Cachalote** e conheçam nosso catálogo!

Adriane Borda Almeida da Silva
Adriane Figueira Batista
Alércio Pereira Júnior
Alessandra Salazar
Alex Louis Ramos Veeren
Alexander Hochiminh
Ana Carolina Braz
Ana Carolina Lago Battezini
Ana Maiolini
Ana Paula Da Silva Salazar
André Balbo
André Pimenta Mota
Andréa Hermes Silva
Andreas Chamorro
Anna Martino
Anthony Almeida
Antonio Arruda
Antonio Pokrywiecki
Arman Neto
Arthur Lungov
Aurélio Rodrigues Ramires
Bianca Monteiro Garcia
Brisa Cardoso Peregrino
Bruno Coelho
Bruno Molinero
Caco Ishak
Caio Balaio
Caio Girão
Calebe Guerra
Camila Filipa da Costa Gonçalves
Camila Vreenegoor Azevedo
Camilla Loreta
Camilo Gomide
Carla Guerson
Carla Rosane Ribeiro de Paula
Carmel Reis Mostardeiro
Carolina Ramos de Freitas Oliveira
Caroline Ledesma Al Alam

Cássio Goné
Cecília Garcia
Cintia Brasileiro
Clara Almeida
da Silva Santo
Claudine Delgado
Cleber da Silva Luz
Cristhiano Aguiar
Cristiano Batistella Dalcin
Cristina Machado
Daniel A. Dourado
Daniel Dago
Daniel Giotti
Daniel Guinezi
Daniel Leite
Daniel Longhi
Daniela Derlam
Daniela Rosolen
Danilo Brandao
Debora Menezes da Rosa
Denise Lucena Cavalcante
Denise Medianeira
Pedroso de Oliveira
Dheyne de Souza
Diogo Mizael
Diogo Soares Sallaberry
Dora Lutz
Dulce Maria Rino
Lagoas de Paula
Eduardo Rosal
Eduardo Valmobida
Elen Sallaberry
Emanuel Candeias
Enzo Vignone
Fabiano Marques
Fábio Franco
Febraro de Oliveira
Felipe Lenhart
Fernanda Schimuneck
Flávia Braz
Flávia Fernanda
Benetti Castro
Flávio Ilha
Francesca Cricelli
Frederico da C. V. de Souza
Gabi Mazza
Gabo dos livros
Gabriel Cruz Lima
Gabriel Stroka Ceballos
Gabriela Machado Scafuri
Gabriela Sobral
Gabriella Andrietta
Gabriella Martins
Gabrielle Ravasco
Gael Rodrigues
Geferson Antônio
Fioravanti Junior
Gisele Machado
Giselle Bohn
Guilherme Belopede
Guilherme Boldrin
Guilherme da Silva Braga
Gustavo Bechtold
Gustavo Ramos Schwabe
Hanny Saraiva
Helena Schymiczek

Larangeira
de Almeida
Henrique Emanuel
Henrique
Lederman Barreto
Ivana Fontes
Jadson Rocha
Jailton Moreira
Jefferson Dias
Jessica Ziegler de Andrade
Jheferson Neves
João Luís Nogueira
Jorge Verlindo
Júlia Gamarano
Júlia Vita
Juliana Costa Cunha
Juliana Slatiner
Júlio César
Bernardes Santos
Karina Hohmann
Antonacci
Laís Almeida Da Silva Santo
Laís Araruna de Aquino
Lara Amaral Da Silva
Lara Galvão
Lara Haje
Larissa Ferreira Tavares
Larissa Galvão De Lima
Laura Redfern Navarro
Laura Roehe Costa
Leitor Albino
Leonam Lucas Nogueira
Leonardo Medeiros Lima
Leonardo Pinto Silva
Leonardo Zeine
Leonel Tejada Avila
Leyla Dos Reis Spada
Lili Buarque
Lolita Beretta
Lorenzo Cavalcante
Luana Fátima
de Barros Rieger
Lucas Ferreira
Lucas Lazzaretti
Lucas Oliveira
da Rocha Pinto
Lucas Verzola
Luciana Rocha
Cazaubon Leite
Luciano Cavalcante Filho
Luciano Dutra
Luis Cosme Pinto
Luis Felipe Abreu
Luísa Machado
Luisa Roig Martins
Luiza Leite Ferreira
Luiza Lorenzetti
Luysa Espinosa
Mabel
Magno Nunes Farias
Maíra Thomé Marques
Manoela Machado Scafuri
Manuela Almeida
da Silva Santo
Marcela Roldão
Marcelo Conde

Marco Bardelli
Marcos Vinícius Almeida
Marcos Vitor Prado de Góes
Maria de Lourdes
Maria Emília Silva
Peixoto Ramos
Maria Fernanda
Vasconcelos
de Almeida
Maria Inez Porto Queiroz
Maria Luíza Chacon
Mariana Donner
Mariana Figueiredo Pereira
Marina Lourenço
Maristela Amaral
Lima da Silva
Mateus Borges
Mateus Magalhães
Mateus Torres
Penedo Naves
Matheus Picanço Nunes
Mauro Paz
Michelle Batista
Michelle Viana
Mikael Rizzon
Milena Martins Moura
Míriam Medeiros Strack
Natacha Lincke
Natalia Timerman
Natália Trajano
Natália Zuccala
Natan Schäfer
Olga Maria
Almeida da Silva
Orlinda Cândido
Rodrigues da Costa
Otto Leopoldo Winck
Pablo Rodrigues
Paula Barbieri Cocco
Paula Cruz Guttier
Paula Luersen
Paula Maria
Paulo Scott
Pedro Eduardo
Almeida da Silva
Pedro Torreão
Pietro A. G. Portugal
Rafael Atuati
Rafael Mussolini Silvestre
Raphaela Miquelete
Raquel Ramos Dos Anjos
Raquel Tejada Avila
Ricardo Kaate Lima
Ricardo Pecego
Rita de Podestá
Rodrigo
Barreto de Menezes
Rodrigo Maciel Gomes
Ruth Regina
Barbosa de Assis
Sacha Amaral
da Silva Menegotto
Samara Belchior da Silva
Sérgio Anauate
Sergio Mello
Sérgio Porto

Taline Schneider
Thaís Campolina Martins
Thais Fernanda de Lorena
Thamires Silva Araujo
Thassio Gonçalves Ferreira
Thayná Facó
Tiago Moralles
Tiago Velasco
Ticiana Araújo Carnauba
Úrsula Antunes
Valdir Marte
Vanessa Trindade
Weslley Silva Ferreira
Wibsson Ribeiro
William Ferreira Pinto
Yvonne Miller
Zu Mdairus

EDIÇÃO André Balbo
CAPA Luísa Machado
REVISÃO Marcela Roldão
PROJETO GRÁFICO Leopoldo Cavalcante
ILUSTRAÇÃO *Revue – Diva*, de Karl Wiener

PUBLISHER Leopoldo Cavalcante
EDITOR-CHEFE André Balbo
EDITOR Camilo Gomide
ASSISTÊNCIA EDITORIAL Gabriel Cruz Lima
DIREÇÃO DE ARTE Luísa Machado
COMERCIAL Marcela Roldão
COMUNICAÇÃO Luiza Lorenzetti e Marcela Monteiro

ABOIO EDITORA LTDA
São Paulo — SP
(11) 91580-3133
www.aboio.com.br
instagram.com/aboioeditora/
facebook.com/aboioeditora/

Grafia atualizada segundo o Acordo Ortográfico da Língua Portuguesa de 1990, que entrou em vigor no Brasil em 2009.

Dados Internacionais de Catalogação na Publicação (CIP)
Bruna Heller — Bibliotecária — CRB10/2348

S237n
santo, amanda.
não há loucas furiosas nesta casa / amanda santo.–
São Paulo, SP: Cachalote, 2025.
95 p., [17 p.] : il. ; 14 × 21 cm.

ISBN 978-65-83003-55-3

1. Literatura brasileira. 2. Contos. 3. Ficção. I. Título.

CDU 869.0(81)-1-34

Índice para catálogo sistemático:
1. Literatura em português 869.0.
2. Brasil (81).
3. Gênero literário: contos -34

Esta primeira edição foi composta
em Martina Plantijn e Adobe Caslon
Pro sobre papel Pólen Bold 70 g/m²
e impressa em maio de 2025 pelas
Gráficas Loyola (SP).

A marca FSC© é a garantia de que a
madeira utilizada na fabricação do
papel deste livro provém de florestas
que foram gerenciadas de maneira
ambientalmente correta, socialmente
justa e economicamente viável, além de
outras fontes de origem controlada.